自言自语

张楚 著

中国文史出版社

图书在版编目（CIP）数据

自言自语／张楚著. -- 北京：中国文史出版社，
2025. 1. --（鲁迅文学奖得主散文书系）. -- ISBN 978-
7-5205-4874-8

Ⅰ. I267

中国国家版本馆 CIP 数据核字第 20248EW828 号

选题策划：江　河
责任编辑：牟国煜
装帧设计：锦色书装

出版发行　**中国文史出版社**

社　　址：北京市海淀区西八里庄路 69 号院　邮编：100142
电　　话：010-81136606　81136602　81136603（发行部）
传　　真：010-81136655
印　　装：廊坊市海涛印刷有限公司
经　　销：全国新华书店
开　　本：880×1230　1/32
印　　张：8　　　　　字数：145 千字
版　　次：2025 年 1 月第 1 版
印　　次：2025 年 1 月第 1 次印刷
定　　价：66.00 元

作者简介

张楚　第六届鲁迅文学奖得主。天津市作家协会副主席。曾在《收获》《人民文学》《十月》《花城》《长江文艺》等杂志发表小说。出版小说集《七根孔雀羽毛》《夜是怎样黑下来的》《野象小姐》《中年妇女恋爱史》等。2024年出版长篇小说《云落》。亦曾获郁达夫小说奖、孙犁文学奖、林斤澜优秀短篇小说作家奖、高晓声文学奖、华语青年作家奖、《人民文学》短篇小说奖、《十月》文学奖、《小说月报》百花奖、《作家》金短篇奖、小说选刊奖、《花城》文学奖等奖项。

写在前面

我们怀着由衷的敬意，编辑了这一套散文丛书。

鲁迅先生是中国新文化运动的旗手，是近现代历史上对中国社会思想文化发展具有重大影响的文学家。以他名字命名的"鲁迅文学奖"，是中国文学奖的最高荣誉之一，自创立以来，一直拥有良好的口碑和广泛的影响力。那些获得鲁迅文学奖的作家作品，毫无疑问地推动了我国文学事业的繁荣发展。

这些获奖作家分别生活在祖国的东南西北，年龄跨度从"50后"到"80后"，写作门类包括小说、散文、诗歌、评论。他们都曾创作出佳作名篇，是堪称名家的优秀作家。编辑出版这套"鲁迅文学奖得主散文书系"，我们的初衷正是让这些优秀的小说家、散文家、诗人、评论家聚集在一起，将他们各自独具的生命体验和写作风格，以群峰连绵的形式呈现出"横看成岭侧成峰"的写作景观，向广大读者奉献这个值得阅读和保存的作品系列。

在这些作品的编辑过程中，我们看到了他们不同的阅历和表达方式，看到了他们卓尔不群的文学才华和让人叹服的写作能力，看到了他们观察事物的独特角度和对自己生活、创作的诚意表达，看到了他们纷繁复杂的生活境遇和丰富悠远的精神世界。从这些文字中，我们感受到了作家对大自然和世间万物的悲悯，对岁月悠长、时光消逝的感喟和思索，对身边细微琐事的提炼和回味，对辽阔人间的关怀以及对世道人心和生命本身的探寻与思索。

我们以诚挚的愿望和认真的劳动，向亲爱的读者推荐这个书系，也以此向在写作道路上辛勤耕耘的作家们致敬，向创立近四十年的鲁迅文学奖致敬，向在岁月的上游一直如星光般以风骨和精神令后世仰望的鲁迅先生致敬。

编　者

2025 年元月

目 录

逍遥游

/ 碎时光 /

风一样的她

　　高铁一般只在南京南站停留两分钟，每一次我都会急匆匆跳下火车，对准站牌拍张照片，再发给鲁敏。

　　忘记何时认识的鲁敏了，当然，肯定是先认识的她的小说。2003年开始，她发表的大量中短篇小说犹如一架神秘出现、战斗力爆表的轰炸机，轰炸着一位县城里的税务公务员。有一次见到王棵，他神秘兮兮地说，给你推荐个好作家，叫鲁敏，写得真是好。王棵向来是个沉默寡言、内敛稳重的人，倒很少听他这么旗帜鲜明地赞美别人。我回应他的方式是敬了杯酒，很是为我们有同样的眼光感到欣慰。那时印象最深的是那篇《逝者的恩泽》。这篇小说里的所有人物都极力隐藏着难以启齿的身体暗疾和心疾，可通篇却莫名盘旋着神秘的、古怪的安详，说书人般全知全能的视角容易让人分神，然而每个人的内心世界都在镜子的翻转中反射出独有的温柔。鲁敏窥探到了世道人心最难描摹的角落，在这个角落里，她从容自得地讲述着看到的一切、杜撰出的一切。由于她强大的虚构能力和自如的叙述，我很轻易地就被文本和人物打动：小达吾提喜欢用鼻子闻嗅世界，他眼睛快瞎了却保持着沉默；红嫂得了乳腺癌，为了帮小达吾提治病也选择了沉默……一种复杂难言的痛楚统御了我：爱与忍耐、怜悯与包容如此坚韧伟阔，我必须承认，人性之幽微在鲁敏的笔下散发出耀眼而模糊的光。

如果没有记错，跟鲁敏第一次正式相识是在凤凰。2008 年秋天，《人民文学》和《南方文坛》举办年度论坛，大咖和无名氏云集，相识或不相识的在古城欢聚。她娃娃脸，笑眯眯的，走路快，给人一种风风火火的感觉。已暴得大名的她并没有我想象中的矜持，反倒有种自来熟的爽朗与坦荡。她说话时语速也快，仿佛内心有着超越了现实本身的激情。我想，那也许不是她有着强烈的诉说欲，只是内心的羞怯让她以这样一种方式来与世界达成某种共振，潜意识里，她可能想用语言的速度来缓解对世界的焦虑感。当然，这只是我模糊的感受。她不喝酒，可我们照样聊得很开心。我说《颠倒的时光》通篇很好，只有一样不好。她笑嘻嘻地问，是哪里？我说，是一个比喻句。接下去，我们为了这个本体和喻体的关系、通俗和雅致的关系以及比喻句在文本中的必要性，展开了颇为热烈而温和的讨论。她说话时眼睛一直亮晶晶的，间或夹杂着柔和的手势。我不知道她是否还记得那个夜晚。那是在凤凰古城田耳的家里，他比地主还要阔绰，有一整层阁楼的藏书。空气里时不时传来油墨、橙子或其他植物的幽香，鲁敏的影子在墙壁上不时晃着。

　　人与人便是如此，有了第一次遇见，命运便会安排第二次遇见，然后是第三次，第四次，无数次。当然，有的人见了无数次，也不如一次相遇。跟鲁敏越来越熟，每次见面都有着说不完的话。我其实并非一个豁达善谈的人，很多时候我更愿意藏匿人群一隅看旁人阔论，但是跟鲁敏在一起时，内心难免会升腾起攀谈的欲望，也许是鲁敏明亮的眼神让人有一种安全感，或者说，跟她交流时人始终会处于一种放松的状态。聊的话题也杂七杂八，孩子、房子、教育，但聊得最多的还是文学。2016 年开作代会，我们在人民大会堂外的台阶上相遇，大家都忙着合影留念，我俩却不知为何聊起了关于长篇的话题。她说，写长篇时，为什么大家都偏爱宏大主题和宏大叙事呢？动不动就写家族史，一写就写上百年、几百年，难道就没有别的切入点？难道就不能从一个小切口进入，往灵魂深处挖掘？我那时还没有写过长篇，读得却不少，难免跟她有同感。接下去我们聊起麦克尤恩的长篇小说，从《水泥花园》到《阿姆斯特丹》，再到《在切瑟尔海滩上》，他都从小角度入手，剖析的却是人性中最隐微幽深的那部分，最重要的是，我们并没有感觉到他长篇小说中的"小"，而是一种极具刺痛感的"大"。我记得还没有聊完，潮水般的人群就把我们冲散了，她利落地挥挥手，隐入人群。这个镜头感十足的画面长久地留在我的记忆中。后来偶然得知，那时她的长篇《奔月》第六稿才修改完毕，她的这番话大概是彼时最深切的体悟。2017 年《奔月》上市，果不其然，从这部长篇里我看到了鲁敏的变化，无论是从结构还是人物设置，都有种万物皆野马尘埃的决绝，小六这个特立独行的女性，无论是此在的人生，还是彼在的人生，都注定只能在现世轮回里"炼狱"。这一年盛夏，我们一起参加《回族文学》的活动，整整六七天，我们从魔鬼城到伊犁，再到那拉提、巴音布鲁克，一路上都在闲谈。我发现我们的写作历程颇为相像：都在乡村长大，她从邮电学校毕业后分配到南京的邮局，我从税校毕业后当了名税收管理员；有一次苏童去她的窗口取稿费，她看着苏童的背影想何时自己也能成为一名作家，我们科长知道我喜欢写点文章，特意组了饭局将我介绍给本县最有名望的作家；她早早结婚育女，我也在二十多岁当了父亲；无数个夜晚她激情澎湃地在稿纸上写着"东坝"故事，而我在台灯下焦虑万分，琢磨着如何书写"桃源"那些憋屈挣扎的灵魂……2001 年，我在好友李修文的介绍下于"新小说论坛"混了几年，认识了诸多小说家，算是跟同行们有了纯粹意义上的文学交流，而她仍是一个人摸黑赶路。她说，我真羡慕你啊，那时候我都不知道有文学论坛。我几乎能感受到她的孤独与无望，究暑系夜，无穷尽的暗处，要有多么明亮的心，才能等到黎明？

没错，我们这一代小说家大都是野生野长的，没受过专业的文学洗礼和训诫，之所以一路熬下来，凭借的无非是热爱和感觉。让我佩服的是，在"东坝系列"后，她自觉地转向了城市书写，从"暗疾"系列到"荷尔蒙"系列，从《六人晚餐》到《金色河流》，她总是能敏锐地捕捉到新的叙事核心，并迅速建构起异质的文学城堡，从而赋予创作新的标识符。这种果断"变法"以及丝毫不拖泥带水的行事风格让我这个优柔寡断的小说家尤为钦佩。

这转变和选择的背后是什么？我想除了生活给予她的生生不息的原动力，还与她斑驳庞大的阅读有关。她自己有个读书公众号，叫"我以虚妄为业"，不定期发表一些读书笔记。让我羞愧的是，她介绍的文学作品很多是我从来没听说过的。《宫女谈往录》《天真的人类学家》《盲刺客》都是我按照她的推荐果断下单并由衷爱上，如此看来，鲁敏除了是我的朋友，还是某种文学意义上我的老师。当然，我们依然会为了文学的话题辩论，比如我问她，为什么《荷尔蒙夜话》里，你非要从窗帘后走出一个人？《奔月》为何没叫《不在》或《野马尘埃》？你为什么那么喜欢奈保尔？我觉得除了《米格尔大街》，别的都不怎么样……她是如何回答的我忘记了，我仍记得的，是她回答问题时的表情：弯弯的眼睛含着笑，语速也缓慢下来，手指没有规律地轻弹着茶杯，灯光将她的脸庞照得明亮而柔和。

这时的她，不再是往昔的她。也许她有千面万面，我只看到了一面？在我眼里，她向来快言快语，却古貌古心；她风风火火，却步履从容。她身上那种蓬勃的生命力、强悍的自控力，让我想起玛格丽特·阿特伍德。我不知道她是否喜欢玛格丽特，可我却坚信她内心里蕴含着同玛格丽特一样膨胀的叙述激情和探索小说未知世界的好奇心。

今年暑假时，我看到儿子的书桌上摆着本《奔月》，中间尚有折页，似乎还未读完。我有些惊讶地问，你从哪儿找的？儿子轻描淡写道，我自己从网上买的啊。我内心有种抑制不住的欢喜，想给鲁敏发条微信，告诉她，瞧，我们父子都是你的读者呢。想了想，还是下次见面时再告诉她吧。

美食家、比喻句、小兽和童话

——关于周晓枫的代名词

多年来，我在生活中很少见到对吃这么讲究的朋友。这也许跟我的家庭有关系。关于食物的记忆总是不可避免地与年代勾连。小时家在冀东农村，父亲当兵，母亲务农，每日吃食无非是玉米面窝头、玉米糁粥、高粱粥、烀红薯，冬天唯一的蔬菜是大白菜，过年时妈妈会兴高采烈地炖锅猪肉、炸锅油炸糕。我对食物的欲望向来只是填饱肚子，从不挑食，即便是隔夜麦子粥也能呼噜呼噜喝三碗。对我来讲，精美食物和粗糙食物的最大区别，只是在入口一瞬间：味蕾全部感官被打开，而后，万千感慨随着食物的咀嚼吞咽消弭不见。我对美食家的印象，也完全来自小说或电影，比如《美食家》里的朱自冶，《棋王》里的王一生，《射雕英雄传》里的洪七公，《食神》里的周星驰。我可能永远也理解不了那些在饭店门口边等位边做美甲、一等就两个小时的人。对我这种不挑食的人来讲，那种等待比等待戈多更荒诞。

　　十年前，晓枫请我和另外一位朋友吃饭，我坐在副驾驶位置。她先叮嘱我系好安全带，然后从包里掏出一个老式手机那么长的黑色钱包，在等红灯时慌乱着打开。说实话，这是我第一次看到人家的钱包里掖着这么多卡，仿佛一个穷人终于知道了地主家到底藏着多少粮食。她在四五十张卡里挑来挑去，口中念念有词，仿佛只有念诵她才通晓的咒语，那张饭店的会员卡才会跳出来。而那顿海鲜自助大餐，让我这个来自海边的人也有些惊讶。当然，这些都不重要，重要的是正餐结束时，她极力恳请厨师一定要来那道"火焰冰淇淋"。厨师仿佛一只蚰蜒伸展着无数条手臂忙活，大概有些疲累，没有吭声。她小声地说，你们一定要尝一尝这道冰淇淋。当火焰裹卷着冰淇淋飞旋起来时，她像个小女孩那样欢快地鼓起了掌，然后满怀期待地注视着我们，仿佛一位带着弟弟妹妹去看马戏团表演的姐姐，终于等来了压轴的蟒蛇缠美女——在她看来，所有的铺垫、前戏，似乎都是为了最后这个庄重的仪式。至于火焰冰淇淋是否甘甜，蟒蛇又是如何被美女征服的，都是次要的了。

　　我还记得十六年前第一次请她吃饭时，服务员将菜肴随意摆放在餐桌上。当我们正要夹菜时，她说等等，然后她站起来，将菜品重新小心着摆放，她凝神屏气的模样让她犹如一位正在垒墙的泥瓦匠。当她微笑着坐下，我才发现菜肴是这样放置的：凉菜、热菜、凉菜、热菜、凉菜……看来在她享受美食时，跟美食相关的一切——盘子的颜色、兰花或萝卜花的大小形状、凉拌的位置，都成为美食和宗教般的仪式感的一部分。

没错，她是个纯粹的、高尚的美食家。那些造型精美、散发着油脂光泽和粮食芬芳的食物在被她吞入口腔的刹那，她的味蕾肯定被炸得失去了知觉。当然，这只是一个糙人贫瘠的想象，真实的情形可能如此：她的味蕾被食物宛若天籁的味道麻醉，在由口腔滑入喉咙最后在胃部安全着陆时，她感到了天地万物的美学原理，那就是——这个世界上，只有顶级美食才是人类幸福的最终归宿。

一个喜欢美食的人，最关心的当然是北京城里又开了什么新馆子。有一次她听说某胡同开了家"监狱餐馆"——我怀疑她在听到这个名字时肯定犹豫过：监狱里能有什么特色菜呢？可是，对未知美食的好奇和热望还是驱使她偕同友人兴冲冲钻进胡同按图索骥。最后，她和朋友们在一个生锈的铁笼子里站着吃了顿饭——好吧，我似乎是有些夸张了，按照我的想象，犯人应该是没有椅子坐的。不过，美食可能是没有尝到，当我问她有什么难忘的菜品时，她有些迷惘地摇摇头，甚至遗忘了那家店的位置。当然，偶然的探店失误并不能妨碍一个美食家匆忙而激情的脚步，作为一名作家，她最关注的不是各类文学榜单，而是"黑珍珠榜"。那些躲避在未知之地、散发着诱人味道的店名和花里胡哨的菜名让她仿佛一个等待着拆盲盒的小女孩。她曾经对一家米其林餐厅赞不绝口，并应我的请求发来了一份价格不菲的套餐菜单（繁体字）：

头盘：新西兰鳌虾配卡露伽熏鱼子酱
汤品：霸王花炖白凤
主菜：浓汁脆皮参
　　　厚切澳洲 M9（100g）
　　　金汤花胶
　　　夏日蘑菇
主食：陕北油泼面/和牛酥饼
甜品：晴王葡萄雪葩配桂花乌龙茶冻

我又看了看标价，诧异地问，就……这点东西吗？感觉不够塞牙缝的。她的杏仁眼放射着光芒，说，好吃。我马上意识到了我跟她的本质区别：我关心的是能不能吃饱，而她关心的是食物的滋味。我说，蘑菇跟油泼面有啥好吃的？她舔着嘴唇说，好吃，陪我爸我妈一起去的。这样我又难免猜疑起来：到底是真的好吃，还是因为陪着父母前往，滋味才变得特殊？然后我骤然想起朋友提及过她把房子卖了，而且卖给了第一个来看房的人。这让我隐隐担心起她是否被人家骗了。在我印象中，她根本不是个会砍价的人。我问，你真把房子卖了？她郑重地点点头说，嗯，好吃。我连忙问道，卖房的钱不会都下馆子了吧？她羞涩地笑了。事后我觉得自己挺油腻的，因为接下去我颇为认真地叮嘱她，一定要把钱存到银行，存三年定期的，不要炒股票、买基金。

这个酷爱美食的人，在日常生活中其实以伶牙俐齿而声名在外。很多时候，她活在传说里。据说连马小淘都不敢跟她对阵。她呢，最喜欢调侃老朋友，调侃的时候，喜欢用跳脱的比喻句；用比喻句的时候，喻体多为食物和动物。有回她哀叹一位年轻时貌比潘安的男作家时说：唉，你现在的脸都肿成泡芙蛋糕了。谈及她母亲摆放衣物没有条理时，她说：我妈就是个蜈蚣妈妈，有好几百双袜子；我妈属蛇的，拉开抽屉全是围巾。形容一名空姐时则说：走起路来，她有仪式感的优雅，像水母的慢芭蕾……

她碾压银河系的通感能力让我怀疑自己其实只是一根粗大的单细胞末梢神经。我在阅读她的散文时，常常陷入一种不公正的绝望——这到底是怎样的一名语言巫师呢？她是如何想象出那些精妙绝伦、犹如宇宙飞船的零部件那般咬合度完全契合又散发着钛合金光泽的句子呢？那些本体和喻体、形容词和名词，是如何在她的左脑迅速勾连并且以一种从来没有被诗人、小说家和散文家呈现过的方式重新命名呢？的确，那些被我们漠视的名词、形容词，被她重新刷洗、翻新、创造过后，散发着硅基生命的诡异光芒。

阅读她的散文时，我时常沉浸在她的句子中难以自拔，那感觉应该跟她咀嚼美食时的感觉并无二致，有时候，我甚至久久地盯着她的一个句子，不愿意再往下行进，这多多少少影响了我对叙事速度的判断。而事实是，作为叙述者的她很轻易地就跨越了壕沟，并且以闪电的速度和亮度叙述着让她感喟的人物与事件。我只有望文兴叹，用钢笔将那些散发着参宿四光芒的句子轻柔地勾勒出来——这是一种奇异的感觉，仿佛你在羞怯地探索朋友的脑电波时，颇为不甘心地用铁丝将那些肉眼难窥却异常清晰的痕迹纹路标注、加固起来。

当然，她让阅读者迷恋的不单单是她奇妙、充溢着迷幻色彩的句子。多年前阅读她的《你的身体是个仙境》《巨鲸歌唱》《犹如候鸟》时，她对女性本我的怀疑、执拗的追问，对人性层峦叠嶂的四维（她将横、高、宽之外又加入了时间的维度）剖析，让我很难将这位饕餮难慰、爽直聪慧的美食家和作为文体家、思考者的她重叠到一起，并在深夜里黯然神伤——必须承认，一方面，我享受了一个天才最美妙的文字；另一方面，我被那些文字原子弹般的爆发力炸得面目全非。愚钝的我曾一度怀疑，是否那些精美的食物让她对世界保持着一种敬畏，从而赋予她文本与众不同的辨识度？

在她的新作《幻兽之吻》中，她讲述的动物故事再一次让我伤怀、感喟，并对这个世界的最终真理抱以一种朴素的怀疑主义。多年前的海边，她跟我说过在长隆动物园领养了一只叫小弹簧的银白色长臂猿，她定期探望它，陪它玩耍，给它喂食，抱之以怀。为何对她描述的这些细节印象深刻？我税务局的同事也养了一只金丝猴，常带它去单位玩耍。在《幻兽之吻》中，她既是观察者，也是一位操碎了心的母亲。《野猫记》里每只拥有自己名字的野猫，无论是"梦露"还是"警长"，更像是她的亲人。她貌似漫不经心地窥视着它们，内心里却充溢着柔情蜜意和近乎强迫症患者的自省……当宴会结束时，野猫散尽，只有"大花生"站在空调金属外机上，在雪色中向她靠拢，而"这个世界，有多少爱以伤害的方式进行"。《男左女右》里的土拨鼠左左和右右，无疑就是她的一双儿女，她以科学家用显微镜观测切片的严谨态度记录着它们的成长，同时以一名母亲的宽容、偏爱与耐性感知着它们可能尚处于混沌状态的灵魂，她毫无保留地、坦诚地爱着它们，理解着它们，犹如天上的神灵护佑着我们。你能感知体味到她内心的仓皇与恐惧，因为她知道，"改造野生动物的任何一点点成功，都鼓励我们作为主人的信心，并且巩固这种剥夺自由的改造"。她在反省着宠物的命运，而作为高级动物的我们，是否也可能是高级文明饲养的星际宠物呢？

我似乎明白这些年来她为何痴迷书写童话故事了。可能正是她饲养的这些亲人般的小兽，让她书写出了

《小翅膀》和《星鱼》。据我所知，她还在书写一系列低幼童话，并且会以绘本方式出版。她给我讲过里面的一则小故事，说的是一只蜗牛想当快递员，在即将抵达送餐终点时，一个好心的小朋友怕它被人踩到，将它小心地安放到一棵大树上，蜗牛的心都碎了。当她讲完时，我有些不好意思地跟她说，我也干过这样的事情：有一次，我见到一只怀孕的大肚母螳螂趴在草丛里，怕它被行人踩踏，忙将它放到灌木丛，没准儿，母螳螂也在送快递呢。说完我跟她不约而同地笑了。她笑声爽朗，脸上荡漾着一种豁达的、婴儿般的光泽。

我当时有种错觉，仿佛她本人就是那些童话里的人物，纯粹，透明，奇丽，不可避免地拥有一种超自然能力，挥舞着掉荧光粉的指挥棒，穿着珊瑚绒的睡衣（这是她形容别人的一句话），在丛林和天空飞来飞去，为懦弱贫苦的人捎去美的讯息。这时的她，与现实生活中的她产生了某种断裂剥离，我想到了她的一些旧事，这些旧事无疑印证了她与常人迥异的思维方式：有个文学爱好者来编辑部送稿子，闲聊时她得知这位文学爱好者还是位室内装修高手，当时刚买了新房的她正跃跃欲试地想装修，二人谈得颇为投机。后来，稿子没有采用，为了安慰这位失落的文学爱好者，她邀请他帮忙装修新家，于是，这位有生以来从没摸过图纸的文学青年开始了他漫长艰难的装修工作……可以猜度到，装修过程险些将晓枫逼疯……还有一次，她的牙齿犯了毛病，她母亲本来是协和医院的领导，她却偏偏不愿去从小就熟悉的医院就诊，而是经人介绍找了位江湖医生，据说这段就诊经历是她最痛苦的人生经历……有年夏天，她去韩国旅行，带了不少喜欢的衣服，结果翌年夏天来临，她无论如何也找不到那些衣服，思来想去，却是全部遗落在韩国的宾馆里了……我难免又想到她的某些侠义之举：为一位优秀导演抱不平，作为文学策划的她顶着巨大压力写了一部非虚构作品以正视听。我知道她当时做了最糟糕的打算——这时，她不再是童话里的精灵，而是人世间义重凛然的侠女——这种身份的多重性，让她与她的作品具有了多维阐述和引申的可能性。

好吧，这位严谨的美食家、这位修辞达人、这位新文本创作者、这位小兽之母以及童话缔造者，在俗世生活中以踉跄的姿势跨过一道又一道沟坎，然后，我们再听她以极快的语速和自嘲的口吻讲述出来，以安慰我们这些挚爱她的亲人和朋友。我平时都唤她晓枫姐，不过说实话，我觉得自己更像是她兄长，总是莫名其妙担心她在日常生活中遇到些普通人一眼能看穿而她偏偏要蹦跳着踏入的陷阱……不过还好，这么多年来，她一直欢乐地写作、旅行、品尝美食，并没有发生我这样的悲观主义者臆想出来的伤心往事。

这多好啊！

一位酒友

　　一个人来到一座陌生的城市，最先感受到的是<u>丝丝缕缕的新奇</u>——没错，穿行在陌生城市的街道，感受它的植物建筑、它的口音食物、它的风情民俗，那种由生疏造就的错位感会逐渐弥漫成一种美学判断，进而这判断又衍生出强烈的对比：这座城的树木比那座城的树木品种更繁多，由于经纬度差异，花期更为漫长，复瓣多于单瓣；这座城的食物也比那座城的更斑驳，除了海鲜，更有名扬四海的包子、麻花和炸糕；而语言是更为特殊的比对，那座城的口音宛如评剧念白，这座城的方言则有种单口相声般的幽默……然而时间久了便默念起那座城的好，那里有穿开裆裤一起长大的损友，有恋爱时常去的老电影院，还有孩子出生的产房……

　　在这座城，我的作息极为规律乏味：早餐，菜市场买菜，读书，午餐，写作，晚餐，散步，读书……日复一日中，内心那种叫孤独的东西开始叫嚣。在那座城，时常跟一帮狐朋狗友胡吃海喝，那种坠入尘世的快感让我对这世界抱以热望敬畏，也让我迟钝的末梢神经变得敏锐；而在此城，世界鲜亮陌生如初诞，别说找朋友聊聊小说，连个喝酒的朋友都没有。

有一天，庆祥忽然跟我说，天津有位叫卢桢的批评家，酒量不错，你们有空了可以小酌。说实话我很惊讶，不晓得庆祥如何晓得我内心的想法，不过，身边有个能说说话喝喝酒的朋友于我而言是件多么美好奢侈的事。我很快加了卢桢的微信。过了段时间，我们欣欣然约好去吃涮羊肉。出发前我问，你喝白酒还是啤酒？他大大咧咧地说，都行。他回答得那么干脆，丝毫不拖泥带水，不禁让我刮目相看。大多数酒友回答起这样的问题都会比较谨慎，一般如是回复：一、白的；二、啤的；三、啊，我酒量不好，喝茶就好。而卢桢如此坦诚的回答有两种可能：一是他酒量委实不错，荤素不忌，大概是酒中高手；二是他性格直爽，心思单纯，根本没想那么多。

那天中午我随便点了几瓶啤酒。由于初次见面，开始都有些意料中的拘谨。他看起来虎头虎脑，目光明朗，像个在读博士。闲聊中我才知晓，他既是一个六岁男孩的父亲，也是一位高校教师。他说话的声音是那种典型的播音腔，清亮，尾音又不经意间甩出本地方言独有的语气助词。当他微笑着注视你讲话时，你会感受到一种无端的信赖。那天我们委实没喝多少酒，我们像相识多年的老友般讲述着各自的人生经历，讲述着对于诗歌和文学的种种看法。我才知道，他上大学时就写过一部长篇，博士毕业入职南开后专事诗歌研究，同时又阅读了大量当代经典小说。当我们谈起彼此的朋友时发现，竟然交集颇多。这种交集让我们之间由于时光和空间造成的距离又拉近了一些。当我们在小酒馆门口挥手告别时，我由衷地感谢起庆祥的美意。没错，他不光给我介绍了一位酒友，也给我介绍了一位可以谈天说地的哥们儿。

慢慢就熟了起来。人和人的相识就是如此，有的见了一面便觉得话不投机，气息也未契合，便不会有交集，身居同城却老死不相往来；有的则一见如故交往频密，不过随着时间的流逝也渐行渐远，怕也不是老杜所言的"交情老更亲"；还有一种便是，缕缕续续地往来，清淡却并没有疏远，松闲时小聚一番把酒言欢再各自分散，两下欢愉。和卢桢的交往便是后者。有时写小说到了傍晚，一时兴起想小酌两杯，便临时约酒。除非夜间有课，卢桢总是欣然前往。更多时候，他带着孩子奔走在前往辅导班的途中，手机里他气喘吁吁地说，楚哥，等把孩子送回家，立马就过去……他向来言而有信，喝酒也仍那般淡然，不抢酒，不拒酒，端端正正坐在那里，面蕴微笑听我讲述小说创作的细碎感受与困惑。间或他会直接表达一下自己的观点，但并不强迫我接纳或认同。这时他身上那种豁达忠厚之气便缓缓弥漫开去，让我不得不挺直了腰身。没错，他身上的确有一种平普中正的气质，这气质除了与儿时的家教有关，怕更与他在南开大学的求学之路和导师教诲有关。

渐渐地，相聚次数多了些，朋友也多了些。他会带同门的师弟来喝酒，师弟们的酒量都不错，人也都亮堂实诚，到了最后，酒通常会被全部干掉，我也通常会醉掉。有几次清晨醒来，望着窗外的阳光，实在想不起如何回的家，便打电话问他。他笑着说，是我们打车把你送回去的。他的声音那么坦然，没有善意的嘲讽，也没有故作的愧疚，坦坦荡荡，仿佛我也是他的同学故友。这让我内心涌荡起小小的感慨。他倒是极少喝醉，通常情况下，他不会比我们少喝，或者说，他比我们喝得都多，可他总是酒桌上唯一保持清醒的那位。如此看来，他是天生的好酒量，酒量好，不张扬，也不虚与委蛇，当真是难得的好酒友了。我时常产生一种错觉，他似乎就是我家隔壁那个眼瞅着长大的男孩，谦逊有礼，可这谦逊有礼并非出于礼仪或教养，更像是一种天生的亲和力。有一次席间他去洗手间，不小心将一摞文件挂到地上，我帮他捡起来，原来是一份申报资料，顺势扫了两眼：

卢桢，南开大学青年学科学术带头人。入选天津市宣传文化"五个一批"人才，天津市"131"人才。曾获天津市第十届"文艺新星"称号，天津市教育系统"教工先锋岗"先进个人称号，《当代作家评论》2020年度优秀论文奖……曾赴荷兰莱顿大学、英国伦敦大学亚非学院做访问学者，利用假期走访八十个国家，出版有畅销书《旅行中的文学课》……

这时我才意识到，这个看上去朴素厚道、做事坦荡的年轻人，这个时常跟我们默默喝酒、从不打通关也从不大声喧哗的小伙子，原来是位难得的学界才俊。跟他交往了近两年，他从来没有谈起过自己在学术上的建树，也从来没有炫耀过自己的师承，他只是大大方方坐在那里，安安静静地陪着我们喝酒，一点都不像个桃李满天下的名校教授。或许正是他如此的性格，我们小小的酒局才不断诞生吧？相逢意气为君饮，系马高楼垂柳边，也许，会这样一年一年喝下去吧？

前些日子，我准备离开这座城，回那座城小住。临行前卢桢与师弟为我饯行，还拎着两瓶极好的酒。我说，这么好的酒，留着，咱们喝二锅头就挺好。他笑着说，再好的酒，自己喝不如跟朋友一块儿喝。

我觉得他说得挺对。他是位值得信赖的酒友。

犹记那时年纪小，梦里花落知多少

　　家里是从腊月二十三热闹起来的。腊月二十三是冀东一带的小年。周夏庄的小年，按照老辈子的传统，是要炸油饼、炸油糕的。炸油饼简单，只要用夏天给我们小孩洗澡的木盆将白面事先发好就行，当然，面里要混些猪油。费事的是炸油糕。才进腊月，爷爷便骑着他那辆咿咿呀呀的老水管自行车去集市上买糯米。糯米买来，先要用家里的小石磨碾碎，再驮到村头的面粉厂磨成细粉，然后用井水和匀，倒进白色面袋，红绳扎口。爷爷把面袋悬挂在房梁上，地上用洗脸盆接着。晚上睡觉，我老听到水滴到脸盆里的声响。奶奶在打呼噜，爷爷在说梦话，我只好看着窗纸外的星星想心事。能有什么心事呢？无非是鞭炮还没有买，新衣裳也没有买，我不喜欢黑棉鞋，不晓得妈妈能否从商场给我买双洋气的皮鞋……翌日醒来时，爷爷奶奶早把米袋卸下，水滴干净了，他们正在用比老鸹还黑的糙手搅和糯米面。糯米面又黏又硬。当然，打碎的红豆早蒸熟搅拌了，掺上了碎花生和糖精，热气腾腾的，闻一闻，能闻到红豆的香气和氤氲着的糖的甜味。

在我的记忆中，通常都先炸油饼。爷爷围着白围裙将满锅的荤油烧热，再将软软的面饼小心着放进滚烫的油锅。这时姑姑和奶奶早就将油糕包好了，放在竹帘上晾着。等一张张金黄色的油饼出锅，就要炸油糕了。炸油糕是技术活，火大了煳，火小了生，因而火候极为重要。通常是奶奶出马，她烧了一辈子炉灶，知道此时不能用玉米秸和高粱秸，最好用木劈柴。他们在灶前犹如皮猴般旋转，我就和弟弟去村头接二叔和老叔。

二叔在青岛当海军，老叔在沧州读大学，他们通常会在这天返乡。可还没接到他们，我和弟弟就跑回去了。我们心猿意马，仿佛闻到了才出锅的油炸糕的香味。

中午的时候，叔叔们回家了，出嫁的大姑二姑忙活完，带着油炸糕和油炸饼回了婆家。奶奶会熬锅酸菜，酸菜里放几把细细的红薯粉条和一些肥肉片，再把炸好的油炸糕、油炸饼端一盆，郑重地放到炕沿上。剩下的油炸糕倒进大缸里。大缸相当于天然的电冰箱，啥时候想吃了，就从缸里捡。油炸糕是我小时候吃过的最好吃的食物，香、脆、甜。油炸糕不能多吃，糯米不好消化。奶奶会喝点果酒，通常是二叔带回来的。我老叔酒量很好，会跟爷爷喝点白酒。我记得那年他骗我说，白酒闻着辣，其实比汽水好喝。我就一口灌了半杯。那天，我在火炕上睡了一下午。等我醒来时，屋外一派漆黑，没有星斗，只听到零星的狗叫声。爷爷奶奶他们围圈在火炉边"游梭子胡"。那是北方才有的一种长条形扑克，扑克上画着门神般的各色人物。

腊月二十七八，通常去汪庄和老营，或者长凝赶集。二叔驮着我，老叔驮着弟弟。二叔穿着呢子海军服，老有大姑娘和小媳妇偷着瞥他。他们会买二踢脚、小洋鞭，烟花是奢侈的，通常会买两把钻天猴。平原的冬天，风就是刀，把我们的脸割得起倒刺。在返程的路上，叔叔们谈起城市，谈起大海和鲸鱼，还谈起他们日后的打算。我跟弟弟在后座上，根本听不懂他们聊的话题，不过我们依然很开心。叔叔给我们买了新袜子，还给我们买了皮猴和鞭子。我和弟弟早就幻想着去村边的冰面上甩皮猴了。

腊月二十九，爸爸妈妈的单位放假了，他们从县城骑着自行车回到周夏庄。他们带来了我和弟弟的新衣服、新鞋。妈妈还是没有给我买皮鞋，可也没有因为我期末考试考砸了埋怨我。他们将从县城里买的韭菜、芹菜、香菜、苹果、酸梨和山楂搬运到马棚里。马棚里没有马，只有一个古老的石槽。马被爷爷卖掉了。

腊月三十，鸡未打鸣，我们就早早被爷爷奶奶从热炕头揪起。多早呢？天上只有寥寥数颗星，乌鸦在寒枝上嘎叫。我们搬着小桌子，揣着酒、熟肉、香油果子（一种糕点）和鞭炮去上坟。坟是先祖的坟，北方没有祠堂和庙宇，我们只能到荒田野地的坟头去拜祭先祖。放完鞭炮，男人们先磕头，再跟沉默不语的先祖唠上两句家常，汇报下家里的光景，这才打道回府。早饭很简单，大米粥，热好的油炸饼，咸菜。吃完早饭，就要操办午餐了。

这一天的午餐是一年三百六十五天里最丰盛的一顿，有猪肉炖粉条，有香菇炖白条鸡，有红烧鲤鱼，有凉拌猪耳朵，还有蒜薹木耳炒肉，运气好了，会有冰虾。大人们往往喝到微醺，就被奶奶劝阻，别喝了啊，晚上还要包饺子呢。她的儿子们都很听话，一个个起身，该忙啥就忙啥。村里人都羡慕爷爷奶奶，儿子们都有出息，不用背朝青天脸朝黄土。晚上包饺子了，会在白菜猪肉馅里放两枚五分钱的硬币，据说谁吃到谁有福。我记得妈妈每年都能吃到。吃完晚饭就放鞭炮，我和弟弟负责小洋鞭，叔叔们负责二踢脚，妈妈和奶奶又忙着捏大年初一的饺子。二叔胆子大，通常戴着副线手套，拇指和食指捏着二踢脚，烟头闪了闪，二踢脚就轰上了天，在空中炸裂时我和弟弟赶紧捂紧耳朵。爷爷家斜对门，是四爷家，四爷的大儿子在市里上班，好像是在一家大工厂里当司机，每逢过年，都会买一批烟花回来。很多时候，我和弟弟混迹在人群中，睁着好奇的眼睛看巨大的花朵在空中绽放，然后碎纸屑和散发着火器味的颗粒宛若雪霰纷纷落下，落到猪圈里，落到鸡窝里，落到柴火垛里，落到我们的头发里。我很怕这些萤火虫般的东西燃烧起来，但是它们很快就熄灭。在孩子们的欢呼声中，又一簇蹿得老高的巨型烟花在夜空中盛放，它们甚至比真正的蜀葵还要美。

我记得 1985 年爸爸买了台录音机，那年的春节格外热闹，家里没有电视，全家举办了一场联欢晚会。二叔是家里最巧的人。爷爷垒墙，垒着垒着就歪了，二叔眯着眼说，我来吧。结果他垒的墙比泥瓦匠垒得还直溜。那晚他先吹口琴，后唱《军港之夜》。他的歌声引得邻家的小姑姑也趴在墙头偷听。我唱的是《小螺号》和《小草》。我有点拘谨，歌声也有些走调，不过掌声还算热烈。老叔嘿嘿笑着说，我不会唱歌，给你们打套拳吧！他在大学里拜了个师父，学的功力拳。屋子有些窄小，又有些暗，他左腾右展，上踢下砸，时而灯下，时而影中，拳脚隐隐带风，险些将立柜上的水瓢扫下。等到奶奶时，她说，我哪会唱歌，年轻时光忙着躲日本鬼子了。你爷爷啊最气人，前两天说来照相的了，让我赶紧换身新衣服，跟他照张合影。可捯饬完了，出去一看，哪里有照相的？分明是卖大豆酱的。大家都乐，权当奶奶讲了个单口相声。

大年初一，二叔和老叔带着我和弟弟串庄。一般先去族里的本家拜年，然后才是远亲，最后是叔叔们的朋友家。家家都会备水果糖、酥糖和瓜子。能攀上亲戚的，还给小孩两毛或五毛钱的压岁钱。那时候给压岁钱最多的，是我二舅妈。她个子矮，胖胖的，每次都是站在板凳上，从立柜的最底层掏出十块钱，弟弟五块，我五块，一边笑着递给我们一边说，这钱哪，我从秋天就准备好了。

当然，压岁钱晌午就被妈妈没收了。

大年初二，通常是姑娘回门，也就是姑姑和姑父来给爷爷奶奶拜年。姑父酒量大，可架不住两个小舅子能喝，通常喝趴下，在炕头上睡半天。他打呼噜可真够响的，半庄的人都晓得的，张家的姑爷来拜年了。

我那时最喜欢看的少儿杂志是上海的《少年文艺》，城里孩子的业余生活可真丰富啊，参加合唱比赛、养蚕，男孩还跟女孩去春游。于是那年初三的下午，我也把左邻右舍的小伙伴们聚集到一起，举办了一场新年运动会。比赛的项目有铅球（就是看谁能把土坷垃扔得最远）、短跑（谁先跑到河边谁就是冠军）、立定跳远、翻跟头、掰手腕。比赛场地就在村东的麦子地里。冬天的麦子地随便踩，反正没人管。奖品呢，是我用压岁钱从小卖部买的二十个作业本。我记得铅球冠军是环头。他又黑又胖，鼻涕从冬天流到春天。短跑冠军未定，小刚和靖宇都说自己第一个跑到河边，可是裁判没有他们跑得快，不晓得谁说的是真话，我只好一人颁给他们一个作业本。翻跟头翻得最好的是猴子，他一连翻了三个，我一直觉得他应该去考县里的剧团，当个武生啥的。他爹娘死得早，跟瞎眼的奶奶过。我给了他一个笔记本，又塞给他一把水果糖。

有一年，大抵是正月初五，全家从早晨就忙起来了。这一天，姨奶家的叔叔姑姑们，大爷爷三爷爷家的叔叔婶婶们，奶奶的弟弟们，都来拜年了。除了他们，还有一个陌生的女孩，她短短的头发，圆圆的脸，闪亮的大眼睛，让我忍不住老偷偷瞅她。村里的习俗，无论是家里人还是客人，都要下厨。这个女孩不爱说话，只是帮着婶子们择菜、剁饺子馅。我还看到婶婶们时不时认真打量着她，偶尔窃窃私语。二叔有时候会溜达过来，在她身旁站一会儿。就站一会儿，也不如何说话。这时，女孩的脸就红了，用力挤白菜馅时，汁水不小心洒到了她的衣襟上。二叔拿了条毛巾递给她，她的脸就更红了。

我很喜欢这个爱脸红的女孩。奶奶漫不经心地让我管这个女孩叫姑姑。对于这位叫满香的姑姑，奶奶既没有过分热情，也没有明显的冷淡。像我这么聪明的机灵鬼，很快就猜度出她大概跟二叔有些关联，可到底是如何的关系，我懵懵懂懂，也不是很明白。吃饭的时候，满香姑姑坐主桌，且被安排在妈妈身边。妈妈不停地给她夹菜。她倒是爽朗起来了，跟别的女眷们有说有笑。只不过有时候她会偷偷扫二叔两眼，然后目光硬生生地挪回餐桌上，若有所思地盯着自己的饭碗。吃完饭后她抢着刷碗刷锅，不过被婶子们客气地回绝了。后来，我看到她和二叔站在猪圈南边的麦秸垛旁说话。那年，二叔也就二十出头吧，他穿着身呢子海军服，没有戴帽子，浓密的头发被冬天的风吹得凌乱不堪，他老用手仔细地抿一下。他们在说什么呢？我蹑手蹑脚地走到他们身旁。原来二叔在介绍他们的部队。那里有大海，有轮船，有海鸥，还有一些机密性工作。满香姑姑安静地听着，间或睁大眼凝望着二叔。她的眼睛可真好看，像春天桃花的花瓣。二叔也微笑着目视着她，将手里的香烟轻轻嘬一口。这时，姑姑们和婶子们也在朝这厢缕缕续续地挪动，似乎也想听清他们在聊什么，不过，二叔果断地中止了谈话。他说，外头风硬，屋里坐坐吧。满香姑姑欢快地说，外面阳光多好啊，就在这里吧。

他们又聊了很久。很快我就听厌烦了，跑到屋里，在火热的土炕上睡了半天。到了傍晚，大家简单地吃了些剩菜剩饺子。冬天的天黑得真快啊！满香姑姑说，我要回家了。她家离周夏庄有些远，大抵十里地也有。二叔说，我送送你吧。这时奶奶说，你送啥呀，猪还没喂呢，你去备些猪食，让你嫂子送到庄头就行了。二叔没吭声，戴上帽子出了门。奶奶小声叮嘱妈妈和姑姑说，你们跟在后头，看着点。

这种事情怎能少得了我？妈妈和姑姑拿着手电筒，远远尾随着二叔和满香姑姑，我则小尾巴般跟在妈妈和姑姑身后。冬天的夜晚可真冷，尽管穿了新棉袄新棉裤，还是感觉像光着屁股走路。走着走着，二叔和满香姑姑在一座破桥旁站住了，将自行车支起来，又开始说话。他们怎么老有说不完的话？多没意思啊。我很快就困了，呼哧带喘跑回了家，挤在炕头看大人们玩纸牌。旱烟臭味在屋里弥漫，我大声咳嗽着，心想还不如在外面冻着呢。后来我就睡着了。等我醒了，看了看闹钟，晚上九点。二叔已经回来了，耷拉着脑袋坐在炕沿上。奶奶和婶子们正在劝他。她们说，你现在是海军军官了，吃商品粮了，难道还要找个吃农业粮的村里姑娘吗？二叔说，满香挺好的，我们能谈得来。她们说，再不济你也要找个吃商品粮的县城姑娘，听说，锁厂和棉织厂有很多漂亮女孩呢。二叔说，当初你们老一辈定的娃娃亲，如今又反悔，成什么了？奶奶叹口气说，人在啥时候说啥话，得往前看啊……

过了正月十五，二叔回部队了。后来听妈妈说，满香姑姑去部队找过二叔。不过，第二年正月，以及后来的正月，满香姑姑再也没有来拜过年。再后来，二叔结婚了，二婶是位漂亮温柔的小学教师。

　　好吧，一晃四十来年就过去了。我也很久没有回故乡过年了。爷爷奶奶去了另外一个世界，我常常梦到他们；二叔二婶在妹妹病逝后，每年正月初一都要去千里之外的寺庙诵经祈福；老叔老婶做了公婆，春节时要和弟弟弟媳待在秦皇岛；爸爸妈妈也老了，大年三十的下午，我们小憩，老两口默默包着饺子，他们从没在饺子馅里放过硬币。

　　我也有多年没见过环头了，听说他养了五十头奶牛，小刚在工地上当泥瓦匠，靖宇在乌鲁木齐搞装潢。猴子呢？猴子高中毕业后去当兵，又考了军校，后来留在北海舰队，娶了个宁波姑娘。

　　有年夏天，我在一家饭馆吃饭。上菜的服务员是位五十多岁的中年妇女，瘦，疲惫的脸上满是皱纹。我感觉她老在偷偷瞥我，可当我回望时，她的目光又总是很迅速地移开。我跟朋友们喝到很晚，后来，她还是忍不住走上前来，问我，你是××（我的小名）吗？我狐疑着点点头。她脸上荡漾着笑容，问，你还认识我吗？我摇摇头。她没有失望，而是快活地说，我是你姑姑啊！我满头雾水地看着她，打着哈哈说，对不起，我的记忆力向来不好。她的眼睛闪烁着明亮的光，她说，我是你满香姑姑啊，那年正月，我去你奶家拜过年……我忽然就想起了那个攥白菜馅时将汁水洒到身上的女孩。我惊讶地看着她说，我们都四十来年没见过了吧？你咋还能认出我？或许我喝多了，眼睛有些花，我恍惚看到她的瞳孔里闪烁着泪光。她抿嘴笑了下，羞涩地说，你跟你二叔，长得太像了，简直一个模子刻出来的。

祝　福

　　1994年初夏，我变得焦躁不安。还有一个月就高考，我却无法安心备战。复读的这一年，大部分时间我都在疯狂补习数学。无论是语文课、政治课还是英语课，我都在整理数学笔记、做黄冈试卷、复习错题集。对一个智商不高、感性思维大于理性思维的男孩来说，数学成绩的提高犹如春水融冰，一个勤奋但没有天赋的滑冰运动员，妄想着从后外结环三周跳提升到阿克塞尔四周跳，简直是痴人说梦。我们的班主任叫王学勇。他是学校的传奇人物，往年他任教的文科班，高考数学成绩平均分要比唐山一中的平均成绩高出十几分。对于县重点中学来讲，这简直是伟大辉煌的战绩。这种资历也足以让他浑身散发着高傲的光芒。哪怕是课间操的半个小时，他也会发套试卷。令我惊讶的是，即便只是做一套广播体操的时间，大部分学生的成绩也都在九十分以上。这让我更为压抑绝望。

　　而离别的愁绪也一天天积聚。我干脆放弃了系统复习，每天阅读小说。林白的《一个人的战争》，王小波的《革命时期的爱情》，让我对文学的神秘美妙有了最初的私人感受。哪怕是课外活动，大家也都在读书，只有我跟一个绰号"小黑格尔"、已复读两年成绩丝毫没有提高的外地考生语焉不详地讨论着小说中让我们惊讶羞涩的情色描写。一种可耻的堕落感让我痛心疾首，同时又有一种自虐式的快慰。

我们的教室是平房，夹在两栋高层教学楼中间，以前或许是仓库，房顶高魁，面积是普通教室的两倍。我们班学生有七十多名，都是从各个镇中和市里辗转来复读的，在将近一年的时间里，我跟他们基本上没有交流。在我印象中他们大部分面目模糊，由于营养不良又缺少阳光照耀，他们的脸色是那种凝滞的牙黄色。可就是这些模糊的脸孔，让我在这个初夏感受到了莫名其妙的留恋。或许，相对于对未来的不可预知性和即将崩溃的神经，感伤的情绪好歹能让我得到一丝慰藉。那天我没有去上早自习，到了学校，发现我的板凳不见了。同学们说，板凳被王老师拿到教办室了，要亲自去讨要。我还记得在安静的教办室，王老师一边判着试卷一边教育我，你文科基础不错，只要数学成绩稳步提高，考上本科不是问题！对于他的教诲我频频点头，等他终于抬起头朝我摆摆手示意离开，我恍惚听到窗外传来歌唱的声音。那是学校的喇叭里传来的歌声，影影绰绰，陌生却扣人心弦。我搬着板凳出了办公室，快速穿越走廊，在一棵合欢树下听着那首歌：不要问，不要说，一切尽在不言中，这一刻，偎着烛光让我们静静地度过……那是张学友的声音。1993年的一首《吻别》让我对他的唱腔和咬字颇为熟悉，而这首歌，我却从来没有听过。我默默念诵着歌词唯恐遗忘，快到教室时我随手揪住位同学，问，这首歌叫啥名字？那位同学肯定是个好脾气的男孩，他侧耳倾听了片刻，微笑着对我说，哦，张学友的《祝福》。

我很快找到了歌词，在高考前的两个礼拜，我学会了它。一个下雨的礼拜天，三三两两的同学在聊天。即将到来的高考让大家莫名松懈下来。我们老二中的几名复读生也围坐在一起，小声谈论着遥不可及的未来和理想。后来，我说——我对这些女孩子说——我给你们唱首歌吧？还没等她们赞同我就唱了。我的声音很小，她们听得也心不在焉，可我还是发现一个女孩的眼泪流了下来。后来她起身离开我们，小跑着朝教室外面冲去。我们怔怔地望着她的背影，不晓得是该追上去问个究竟，还是让她一个人享受下蒙蒙细雨。

1997年，我家隔壁的女孩结婚。我们是青梅竹马的朋友，各自读完大学回到县城，又成了同事。我跟她的男友在同一个镇上上班，常帮他们传递情书。她戏称我是只勤奋的"鸿雁"。他们的信件通常很厚，也不封口，我老想扫瞄两眼，却终究没有。她是个大方的女孩，说，你想看就看吧，有啥了不起的？看完后我十分真诚地提意见，说，他为啥不在你的名字前加"亲爱的"呢？为啥不在他的名字前加"想你的"呢？她就咯咯咯地笑。她的笑声十分爽朗，仿佛阳光下的树叶被阵风吹拂。我记得那时的婚礼在大堂都设有卡拉OK。亲友同学都喝高了，我也不例外。我醉醺醺地对她说，我也没准备礼物，唱首歌送给你吧。那是我第一次喝白酒。酒精让我壮着胆子在众目睽睽下唱了那首《祝福》。由于酒精的刺激，高音部分很轻易地就顺滑了出来，让我很是意外。有人在鼓掌，有人在劝酒，她挽着新郎的胳膊朝我笑。她的眼睛很大，也很明亮，仿佛她还是多年前那个彻夜偷读琼瑶小说的女孩……多年之后，我与他们夫妻依然是要好的朋友，时常小聚。这让我欣慰。相对于那些在人生歧路中走失的朋友，他们的陪伴，显得格外美好而珍贵。

2017年，我随中国人民大学的师友去南欧游学。第一站是意大利的西西里。对于这个传说中的"黑帮"老巢，无论是导游还是当地华人，都劝我们晚上不要随意出行。西西里的阳光热辣厚重，即便是夜晚，空气依然燥热。我们龟缩在酒店，觉得很是无趣。后来我们发现酒店顶层有个酒吧，于是结伴前行。刚下电梯便听到悠扬的音乐声。这是个露天酒吧，一群人正在欢快地跳着舞蹈。我们寻了偏僻角落坐下，点了几杯啤酒。这时我们才发觉，跳舞的人都穿着盛装，仿佛是在举办婚礼，新郎新娘年龄也不小，又是拥抱又是接吻。我们七嘴八舌地讨论着，这可能是"二婚"。恰巧朋友带了相机，他热忱地为他们拍照，前前后后左左右右，又是下蹲又是俯拍。他认真虔诚的样子引起了女主人的留意，她端着一盘糕点给我们送过来。通过简单交谈得知，原来她是位中学教师，今天正式退休，亲戚朋友特意来庆祝。她还邀请我们一起跳舞。于是，抵达西西里的第一个夜晚，从来没有跳过舞的我们笨拙地挥舞着手臂，踢动着脚步。他们一边跳着舞一边唱着歌，唱的什么我们完全听不懂，可却能感受到他们火山喷发般的浪漫。后来，女主人邀请我们用汉语献唱一首。朋友们大都羞怯，推举最年长的我做代表演唱。再木讷的人也会被西西里的夜晚点燃，我想了想说，不如咱们一起唱首《祝福》吧？大家颔首同意。于是，在那个炙热的夜晚，我站在椅子上，指挥大家用并不和谐的和声唱起来：

愿心中，永远留着你的笑容，
陪你度过每一个春夏秋冬。
伤离别，离别虽然在眼前；
说再见，再见不会太遥远。

若有缘，有缘就能期待明天，

你和我重逢在灿烂的季节……

　　唱着唱着，我的目光渐渐甩向远方。夏天的西西里灯火并不明亮，四野无声，只有濡湿的风吹过来，让我的神情有些恍惚。我想起了《西西里的美丽传说》，我想起了《教父》，我想起了《天堂电影院》和《邮差》，我甚至想起了兰佩杜萨，他是西西里岛巴勒摩城的亲王，却写出了伟大的小说《豹》……在那一刻，我知道世界离我们很远，也离我们很近，我还知道，不同种族的人与人可以互相仇恨杀戮，更可以像天使那般相亲相爱，托付终身。

追忆似水年华

　　毫无疑问，爱会让人或事在多年后也清晰明澈，仿佛时光并没有白驹过隙，仿佛，我们还是记忆中的白衣少年。我至今还记得，1987年秋天，去滦南一中报道那天，校里校外人山人海，由于自行车的把有点歪，我在校门口不慎摔倒。当我有些羞涩地爬起来时，我看到假山前的喷泉在阳光下喷涌着，好像一颗颗散落的、透明的珍珠。

　　那时同学们大都十三四岁，虽是懵懂少年，却嗜学如命。住校生五点半就跑到教室学习，七点钟是早饭时间。有个绰号叫"小神仙"的男孩又矮又瘦，为了节省吃饭时间，都是一路跑着去食堂，然后抓着两个热乎乎的馒头跑回教室，边啃边背书。他让我这个懒惰的走读生颇为羞愧。晚上九点半放学时，会看到那个叫茆秀艳的女孩怀里抱着一摞书回家。我记得书都顶到她的下颌了。她住东南街，从不骑自行车，走起路来风风火火，考试总是前三名。还有个同学叫龚建，父母俱是医生，他是我见过的最聪明的男孩，会写好几种花俏的英文字体，阿拉伯数字也像是印刷出来的，那些让我头疼的物理化学题在他眼里就像1+1那么简单。我还有个好朋友叫张建哲，有天上自习课，他捂着耳朵背课文，把棉鞋搭在炉壁上，不久我们都闻到了胶皮烤煳的味道……那天积雪消融，他却穿着鞋底漏洞的棉鞋回家。有回我们去操场跑步，他攒着眉头，一副心事重重的模样。我问他咋了，他哭丧着脸说，这次期中考试，数学才考了九十五分。说实话，我实在是不晓得该如何安慰他，我只考了八十八分……

我还记得有个同学叫陆建全，上初二时执意回镇里读书。我们班上的十几个男女同学，骑着自行车跑了二十多里土路，风尘仆仆到他们村里，劝说他回学校。别看他年岁小，主意却成，我们空跑了一趟。那是十四岁的我第一次知道，什么是别离的滋味。我还有个叫任永明的同学极富冒险精神。他问我，你钻过古城的地道吗？我说没有。他不知道从哪里找来的手电筒，带着我探了次险。黑乎乎的漫长地道里，没有风，没有光，只能听到轻微的流水声。他说，那是北河的地下水流动的声响。我不知道他是在诳我，还是真的如此。初中毕业后我几乎没见过他，只知道他考上了四川大学，后来去清华读研，再后来去美国读博。2016年我去耶鲁大学访问，坐上大巴离开校园的瞬间，我猛然想起，曾听其他同学提及，那个富有冒险精神的任永明就在耶鲁大学执教。

那是一个朝气蓬勃的时代，中国正是改革开放初期，一切都鲜亮美好，一切都孕育着无限的可能性。理想主义的种子散播在大地的每个角落，连我们身处偏僻的县城，也能感受到一种无形的力量牵引着人们阔步前行。那个时候，港台文化开始在内地流行，我记得男生最喜欢的一首歌叫《耶利亚女郎》，女生最喜欢的作家是琼瑶、席慕蓉和三毛，最火的电视节目是《正大综艺》，最受欢迎的杂志是《读者文摘》和《辽宁青年》。多年后想起那些少男少女光洁的额头，明亮的眼睛，朴素的衣着，被钢笔勾画得如蛛网的课本，我老觉得有些恍惚：他们离我明明这么切近，却已然是三十多年前的旧事。

我们的班主任是刘长友老师，教数学。他脾气温和，同学们即便犯了错，他也只是轻言轻语地批评。那时他初为人父，有时会抱着孩子在校园里玩耍。调皮的学生就编了个顺口溜：数学老师哄孩子——常（长）有（友）的事。语文老师叫刘长正。他是个帅气的老师，总是身板正的西服，白杨树般笔挺。第一次上作文课，他读了很多范文，我没有听到自己的名字，甚是失落。这时他忽然道："咱们班有个同学，文章不像是这个年岁写的。我已经请了咱们的副校长，明天单独跟他聊聊。"然后，他报出了我的名字……从那时起，我就梦想着当名作家。星期二大扫

042

自言自语 ◎

除时，我一边擦灯管一边给自己起笔名，神思恍惚间险些从桌上摔下来。我们的英语老师叫徐秀荣，讲一口流利的美式英语。她让我们将每篇课文都背诵下来，然后分角色扮演，我记得我演过愚蠢的鳄鱼，还演过骄傲的国王。多年后常常出国，尚能勉强应付日常交流，我想那都是徐老师的功劳吧。我们的地理老师姓张，那时已经快退休了。有天上课，有个叫艾洪涛的同学趴在桌子上睡觉，张老师便将他拎起来，让他重复刚讲过的内容，结果艾洪涛将那几段几乎一字不差地背诵了下来。张老师满眼放光，拍拍他肩膀说："坐吧，好好学，将来考北大。"后来我们才知道，张老师就是北大毕业的。历史老师也姓张，个子矮矮的，上课前先踮着脚把板书写满黑板。期末考试结束，她让我去帮她抄写分数，见到我时她遗憾地拍拍我肩膀说："哎，你错了道填空题，减了一分，以后可记得，干啥事都不能粗心。"教我们物理的是沈春芝老师，她说："每年的'电流和电路'这节内容，我都会叫两名同学到黑板上做题。无论做错做对，我都会把他们的名字记到我的教案上。"好吧，没错，那天她叫了我和龚建同时上了讲台，跟我预想中一样，龚建做对了，我做错了……那时，我是班里的宣传委员，经常参加团委的会。团委书记是名叫冯俊新的老师，玉树临风的他经常组织各种活动，我记得有一次是主题演讲，我事先没有准备，站起来时呆若木鸡。他没有批评我，只是叮嘱说，下次要好好准备……

小时候，老嫌过得慢，长大了，才知道地球转得有多快。我们面对时光时，常常感觉到蝼蚁般的渺小。然而那些艳阳时节不曾遗忘的人与事，却是时光赐予我们的最无私的礼物。欧阳修曰："老去光阴速可惊。鬓华虽改心无改，试把金觥，旧曲重听，犹似当年醉里声。"李商隐曰："锦瑟无端五十弦，一弦一柱思华年……此情可待成追忆，只是当时已惘然。"蒋捷则喟叹："流光容易把人抛，红了樱桃，绿了芭蕉。"法国作家普鲁斯特在他的《追忆似水年华》中，用了二百三十一万字对青年时代进行了回望与重塑。已近知天命之年的我，面对时光，常常哑口无言，面对生活，也常常手足无措，然而，只要一想到滦南县第一中学，一想到青春岁月里那些光芒四射的脸庞，一想到无尽岁月里永远不会遗忘丢失的名字，就觉得，我们对这个世界的爱与期待，还是值得的。

自言自语

诞　生

——谈谈《云落》

　　为什么要写长篇？估计每位小说家都会有独属于自己的答案。对我而言，着手写一部长篇小说似乎是一件自然而然的事。对一名对时间缺乏规划、管理的小说家而言，它更像是庞杂斑斓的内心世界对外部世界呼唤的一种下意识回应——类似于一个对声音和光线都不太敏感的人听到别人貌似在招呼他，出于礼貌，他情不自禁地"嗯"了声，或喃喃着应了句"好的"。这么多年来，我以缓慢的频率和速度漫不经心地写着中短篇，把生活馈赠给我的所谓灵感转化为或痛苦或甜蜜的文字，是一种不言而喻的幸福，也是我对这个世界发声的途径——或许，是唯一的途径吧？对人世间种种超乎想象的真实事件加以修饰、篡改，甚至是重塑，以符合大众认知和理解的方式谨慎地呈现出来，渐渐成了我的一种本能，这本能关乎天性，也关乎职业素养。

　　小说里最重要的是人物。寻找、确定主人公是小说家的第一要务。这时"樱桃"便从我漫长浑浊的记忆中跳脱出来。"樱桃"的原型是我弟弟的一位初中同学。之所以她给我留下了难以磨灭的印象，全乎源于她的长相。她的脸颊像是加多了酵母的面团，膨胀到把鼻梁淹没，或者说，她只生了两个黑乎乎的鼻孔。她的眼睛黑豆粒般狭小，且缺乏豆子应有的光泽。她行走的时候，仿若一个皮球在缓慢滚动。这么说，丝毫没有贬损一个女孩的意思，我只是在客观地描述。当年那个忧郁的少年只是为老天爷的不公感到意外和愤怒，当然，他那时尚未知晓，相貌对于直立行走的动物的作用，跟初春对北方花朵的功能差不多，过了那个特殊的季节，相貌就是纯粹的皮囊了。关于她的身世，我也了解一二。她是家中独女，母亲是寡妇，家庭到底发生了如何的变故，没有人知道。2008 年左右，当我在邮局外面遇到她时，我一眼就认了出来。她穿着件军大衣站在尚未融化的积雪里打手机。她的头发茅草垛般凌乱，边对着电话咆哮边做着激烈的手势，似乎唯有如此才能化解她内心的愤怒。我知道她嫁给了一个农民，具体的情况也不是很清楚。远远地我盯看着她，有些茫然，有些麻木，也有些莫名的心酸。

从那之后，我再也没有见过她。县城很小，却又极大（我发现了一个奇怪的现象，就是在县城，哪怕你和你的发小只隔着三条街道，你们也可能十年不遇）。多年前，我写过《樱桃记》和《刹那记》，她停留在了少女时期。二十年过去，"樱桃"又过着如何的日子？无论如何，我首先要说服自己：她一定活得很幸福。"幸福"这个词语表面看着亮丽光鲜，其实也蒙着些许不易察觉的灰尘和不为人知的污物。我开始构想中年"樱桃"的模样、家庭成员、工作、朋友，以及她纯朴的心性经过了时光的鞭打后发生了如何的变化。这样，裁缝铺子、清洁工、保姆、按摩师等身份都披在了"樱桃"身上。然后是她的朋友，我首先想到了"刘若英"，她在《樱桃记》和《刹那记》中出现过。可"刘若英"过于聒噪轻浮，为了平衡女性关系，我便配了个沉稳的人物，她的名字叫蒋明芳，接着罗小军就蹦出来了，然后是万永胜、常云泽、天青、老太太……

这些人物懵懵懂懂地藏在荧幕后，我只好尽量耐心地给予他们个性鲜明的身份和不同寻常的过往。在构建种种人物关系时，我察觉到了自己苍白干瘪的想象力。我开始佩服起那些会"编造"故事的小说家。不过，日常生活中哪会有那么多传奇？在狭窄的县城区域内，最多的是"没有个性的人"，他们一辈子也不会有大起大落，庸常、妥协、为了生计的奔走和默然的死亡通常是他们最精准的标签。没错，当一个小说家在写长篇时，一定要学会自欺欺人，一定要学会睁着眼睛说瞎话，一定要建立起强大的不可撼动的逻辑自信。不然的话，写到中途时筑起的围墙会不经意间坍塌。这些都是我后来意识到的。

有了人物和空间，"时间"的概念便显得格外突出了。时间是个有意思的话题。我一直认为时间并不存在，它只是人类衡量宇宙的一个虚拟词。可正是这个虚拟词，让古往今来的圣贤、哲人、物理学家不断探索、吟唱、辩证、释义。我比较赞同海德格尔的说法，他说过去是已经消逝的现在，将来是尚未到来的现在，传统时间观的自然性，是人类精神表达方式和精神体系的基础。线性时间观让生命无可阻挡地流失消逝，为抵抗生命的流逝，人类创造了永恒的宗教，创立了一个非时间的永恒彼岸。他主张基于实存体验的时间概念，认为时间是圆的而非直线。没错，地球是圆形，太阳是圆形，银河系是椭圆盘形，等时间的起点与终点重合，它也是圆的。而小说的时间性，更是一个复杂的话题，从莱辛的《拉奥孔》，到巴赫金的《小说的时间形式与时空体形式》，再到瓦特的《小说的兴起》，无论是先验主义还是经验主义，讨论都充满了不确定性和主观性。

再三斟酌后，我打算将故事浓缩在四十天左右的时间里讲述。为什么会有这样的念头？源于我对线性叙事怀有一种警惕。从主人公幼时讲起，一直讲到她历经沧桑时光不再，这样的长篇忠厚纯朴，可缺乏一种对时光幽默的反抗。当然，这样的结构优势最为明显，小说的时代性会得到最大程度的展现，人物的命运感会得到最大限度的凸显，在时光流逝人世变迁中，读者的情绪犹如滴水穿石般被故事浸侵感染，滋生出强烈的代入感，从叙事学角度考虑，也很难出现意外。可我想换一种方式来讲述"樱桃"的故事，我想在最短的物理时间内把她的人生际遇和心灵历程来剖析和彰显。

这时另外的问题也随之产生：一是如果只以"万樱"的视角来讲述，肯定会手忙脚乱，无论是采用限制性视角还是全知全能视角，万事万物都会被桎梏在一个狭窄的视角内，先天性的张力不足；二是在如此短的时间内，需要循序渐进的戏剧性来推动叙事，可按照生活逻辑来考量，普通人在四十天内又会发生什么样的戏剧性事件呢？

说实话，这两个问题让我有些不知所措，不过，经过深思熟虑，我首先采用了复调结构来解决这些问题。我让"樱桃"单一的叙述声音变成了四个。"罗小军""天青""常云泽"声部的加入，让小说叙事的点与面更加庞杂多义，外部世界和内部世界勾连得愈发紧密。其次，我让天青承担起了增强戏剧性的重担。他的身世、他的过往、他的行为动机，从某种程度上加深了小说的叙事冲突：他和常云泽之间的关系互为镜像，难分彼此；他和常献凯之间的关系则可用戈雅的《农神吞下他的孩子》来解读；他和众多女人的关系是当下欲望的一幅速写。总而言之，他既是外来者，又是出逃者。我想，他的故事和集中在罗小军身上的商业叙事，可能会让"云落"这四十多天并不太平。

　　既然是长篇，除了现在时态，不可避免地会涉及过去时态。因为是非线性叙事，种种人物的过往，无论是淋漓着鲜血的，散发着光芒的，还是冒着黑烟的，都要在"现在时态"中加以追忆，这无可厚非。可如果把他们的陈年往事一点点镶嵌在"现在时态"，又不可避免地影响了叙事速度，让读者感觉小说家絮絮叨叨没有重点。于是，我把所谓的人物小传用楷体字作为注释放在每个章节之后。小传里的内容是对人物性格的补充说明，读者感兴趣了就读，觉得啰唆就直接跳过，不会影响对人物行为的理解。对于一个智商不是很高的小说家而言，这种笨拙的办法是我能想出的最恰宜的办法了。

　　如是，人物、结构、时间、事件的问题似乎都得到了解决，一切都水到渠成了。似乎所有的事情都可以按照自己的逻辑和确定的方向行进了。可真的如此吗？在写作过程中，即便是在中短篇写作中也常常发生意外，更何况是长篇创作。总会有莫名其妙的人物和事件出现、发生，他们并没有跟你协商，从某个阴暗的角落里自行跳出来，神情莫测地注视着你。比如"睁眼瞎"这个人物，她的功能本来就是带万樱去妇产科体检，可她灰头土脸地闪身出来后，我觉得这个人物不简单，于是，她自己开始在小说里穿行，想做什么做什么，想说什么说什么，为所欲为，一个为了生存装傻充愣招摇撞骗可内心里尚存一丝柔软的老女人就这样违心地诞生了。比如麒麟。麒麟这个孩子在前面几乎没有出现，他更像是一个可有可无的影子，可我想证明时间是圆的，开篇是出走者归来，结尾一定要有新的出走者诞生，只有如此才是完整的。只有麒麟能担当这个任务，是的，除了这个喜欢打篮球喜欢读科幻作品、对母亲念念不忘的孩子，还能有谁呢……

　　意外还有很多，多到我不能完全记起，多到及至最后，意外也成了必然。是的，所有在作品中出现的，都是必然：必然如此，而非那般；必然踉跄，而非健步如飞；必然人物引导情节，而非情节固化地引导人物；必然有结尾那封支离破碎的信，而非花好月圆；必然会有诸多遗憾，而非在遗憾中懊恼不安……

　　时间源于宇宙大爆炸，人间故事源于时间，小说源于人间故事，人生多重体验源于小说和其他艺术形式。而世间所有的一切，都将在等待中重新诞生。

2024 年 3 月 28 日

对长篇小说结构的一点认识

从事写作多年，可从来没写过长篇，短篇和中篇倒是写了一些，究其根源，恐怕还是对自己没有信心。这种不自信一方面来源于对自己思想成熟度的怀疑；另一方面深知写作是体力活，而自己是散漫懒惰游手好闲的人。还有另一层缘由，多年之前我的好友——他是个很棒的小说家——无数次对我说，长篇小说最大的问题在于结构，只要解决了结构问题，长篇就成立了。

思想的成熟度关系到一位作家的方方面面，比如，如果他天生就是个爱思考的人，除了文学经典，从小还喜欢阅读哲学、社会学、美学和宗教方面的书籍，并且对社会现象有着深刻的认知和总结能力，总是能透过熙攘纷杂的现象看到事情本质，那么我想让他去写长篇，肯定要比一个惰于思考、长于感性的人要容易得多。没错，过于感性的人可能更适合短小的文学体裁，在把握细节能力上，他可能会比理性的人更富于幻想和创造力。那么，一个感性的人如何让自已变得成熟、睿智和提升自己的叙述掌控力呢？也许时光是最好的老师了。他的人生经历即便不是斑斓多彩，在数十年的缄默中肯定也会被生活的褶皱所腌渍，想呼喊出最动人的声音。当生活对他的平庸与懒惰做出惩戒之时，也赋予了他讲述故事的激情和勇气，大抵如此吧？他想说的话越来越多，他呼吸的频率越来越缓慢，他对于人世间的苦难和甘美有着一种本能的叙述冲动。那么，此时写长篇的前提是不是已经有了可能性？当然，那些天才的作家，在他们的青春期甫一终结，就已经写出了他们的代表性作品，这可能是对非天才型作家的一种变相安慰吧？毕竟，还有"大器晚成"一说。

身体因素是不可控的，它是一个未知数，是由时光的仁慈或残忍决定的。而长篇小说的结构，则纯粹是个技术性问题。既然是技术性问题，是可以通过阅读、研究、整理、思考来解决的问题，那么，它便不是一个真正的问题。在很长一段时间内，我对长篇小说的结构产生了好奇，这种好奇和小时候阅读长篇时的单纯快感没有任何关联。在阅读长篇小说时，除了小说叙事的节奏、脉络、人物和情节走向，我关注更多的是小说构建的秘密。这种关注犹如一个梦想着当木匠的人，去仔细观瞻大工匠是怎样搭建一座房子的：如何打造地基、设计搭建房梁和门窗，如何建构屋顶并恰如其分地掌握尺寸，以便大雨咆哮之时，那些水顺着屋檐落到"滴水"上。

我发现，长篇小说的结构——那种小说表层的叙述结构，其实并不是多么神秘复杂的事情。从这种文体诞生之日起，它的结构就注定是个永久性、常话常新并不自觉制造事端（或者说革新）的话题。作为最重要的一种文体，长篇小说以它厚重的内容、超长的篇幅、复杂的事件、人物群像的刻画和宽广深邃的社会属性被阅读者青睐。从长篇小说诞生到19世纪中后期的文体完善再到20世纪各种小说技术的革新，长篇小说的面貌发生了剧烈变化。这种变化让初期的长篇小说在形式和结构上无疑显得粗陋简单，而它在结构上的"升级"过程更是意味深长。西方的小说结构发展和中国的小说结构发展是两个值得深究的母题。按照我的阅读和理解，西方长篇小说的结构或许可以归纳总结为以下大类。

一是流浪汉小说结构。从结构学的角度讲，1554年西班牙小说《托美思河上的小拉撒路》的诞生，标志着西方长篇小说最初结构模式的确立，这就是"流浪汉小说"结构模式。在这种简单的小说模式中，作家所注重的是作品主人公足迹的连续运动和以此为中心展开描写的原则。这使得作者有很大的主动权肆无忌惮地进行构思和叙述，各种奇闻逸事和戏剧性故事、事件、情节，被主人公在小说中的行程路线所连接，从而形成一个完整的文本。塞万提斯的《堂吉诃德》无疑受到了这本小说的影响。"流浪汉小说"的出现有它的社会原因。文艺复兴时期，新的生产力和生产关系在欧洲诞生，原来自给自足的自然主义经济模式被更复杂的新型经济模式所替代，人们的视野更为开阔（初版于 1617 年的《金瓶梅》里的社会背景与之相像，资本主义萌芽出现，大运河开通，南北交流通畅，人们不再封闭于宗族理法的制约当中，人的欲望不再被堵塞，朱熹理学渐被阳明心学替代）。这种模式对后世作家的影响一直延展到 19 世纪和 20 世纪。马克·吐温的《哈克贝利·费恩历险记》和《汤姆·索亚历险记》，戈尔丁的《蝇王》，也都是典型的"流浪汉小说"。

二是现实主义小说结构，也就是巴尔扎克小说结构。19 世纪 30 年代，欧洲社会的资本多元化发展让人们拥有了综合地、宏观地把握客观世界的能力。如果从唯物主义角度分析，那么，这种社会现实成为长篇小说新结构产生的前提条件。巴尔扎克的创作提供了西方长篇小说新的结构模式。与"流浪汉小说"不同，巴尔扎克的小说不再是单纯的直线型叙述，而是众多人物视角、众多情节相互交织。在这样的结构中，社会生活被"现实主义"的文学方式阐释、记录和解读。其实巴尔扎克的小说结构，与古代希腊神话与史诗也不无干系。《伊利亚特》的结构就是在多种矛盾相互作用中展开叙述的典范。"巴尔扎克式"小说结构的出现，可以说是时代的内在选择。而现实主义小说理念和现实主义小说结构对中国现当代作家的影响可谓深远，从五四新文化运动到中国改革开放之前的长篇小说，基本上都是现实主义结构美学的小说。

三是现代主义小说结构。随着 20 世纪初西方资本主义文明的高度发展，人的异化现象日趋严重，人的内在精神被现实生活中的物化所牵制所干扰，很多作家开始从复杂多变的内心世界和意识活动中找到了新的诉说途径，那就是通过变形、无序、异化等文学手段来书写世界。这样的现实生活和心理特点决定了以往长篇小说的创作方式，已经不能满足表现生活的纵深度和人类精神的复杂性方面的要求。它决定了"现代主义小说"结构的诞生。这一小说结构模式的出现，使西方长篇小说的面貌发生了彻底改变。普鲁斯特、乔伊斯、伍尔夫、福克纳等无疑是代表人物。之后文学上各种"主义"，譬如象征主义、存在主义、荒诞主义、法国新小说、黑色幽默、魔幻现实主义、超现实主义的诞生和流行，证明了严肃文学在当时社会文化生活中的重要位置。改革开放后，现代主义小说引入中国，催生了先锋派。20 世纪 80 年代中后期，马原、余华、苏童、格非、莫言、孙甘露、残雪等作家，开始以独特的小说结构、叙述方式和新的话语方式对小说进行了文体形式的实验。而 90 年代先锋文学的终结，则表明这种实验确实拓展了小说的叙事疆域，更新了小说的叙事理念和叙事语言。

私以为，当代中国小说的叙事已经是颇为成熟的叙述。当小说结构作为一种手段、一种叙事策略与小说内容在形式上达到某种契合时，它才是有意义的结构，才是可以称其为结构的"结构"。我那个小说家朋友其实真正想表达的是，长篇小说表层的叙述结构其实是由小说内容的内在结构决定的，当小说的内在结构得到解决时，叙述结构也就迎刃而解。而真正决定一部长篇小说能否成为经典之作的，其实无比简单——不是它怎么写，而是它写了什么。打动阅读者的，永远不会是结构层面的炫技，而在于小说是否在以故事性展现社会横切面和纵切面的过程中，真正使人类的复杂性、社会性得以更为精准、细腻和客观地确立。这么简单的问题，到如今我才明白一些。如此而言，关于小说结构的探讨似乎成为一个伪问题，不过对于一个后知后觉者而言，小说世界的一切，依然神秘迷人如初，充满了不确定性和不可阐释性。

孤独及其所创造的

　　我曾无数次回想起过满月的情形。这段记忆被我在家庭餐桌上无数次提及，一开始是小心翼翼的，多说了几次，就肆无忌惮起来。然而都被母亲微笑着否认了。她说，怎么可能呢？出生三十天的孩子是没有记忆的。可我的语气如此确凿，表情如此肃穆，有时竟让她不由自主地狐疑起来。我说，我躺在一间光线昏黄的矮屋中，身体被棉被盖得密不透风。很多人围圈过来张看，嘴唇不停翕动。他们肯定是在赞美这个肥胖白皙的男婴。在乡村，这是种必要且真诚的美德。还有位穿对襟棉袄的老太太把一顶项圈套在我脖颈上，唠唠叨叨。她脸如满月，喜乐慈悲。母亲这时通常会插嘴道：这倒没错，你过满月时，你外婆（母亲的干妈）的确送了你银项圈。可是——她犹豫着说，你那时除了哭啼就是吃奶，跟别的孩子也没什么两样啊。

　　这时我通常保持沉默。下面的细节我从来没敢告诉她：那些亲朋邻里犹如水底游鱼不断在我身边穿梭，我倏尔迷茫起来，我在哪里？我是谁？当他们在光线萎暗的房间里窃窃私语时，我觉得无比委屈，甚至是心有不甘。于是我号啕大哭起来。身处如此陌生之境，谁都不识，空气里满是杨花凉薄冷清的气味，我甚至不清楚为何要躺在这样一张绵软的被褥上，动也不能动，犹如刚由花蕾结成的果实掩映在月光下：光滑孱弱，困惑自知，却没法站在枝头大胆窥视枝条以外的世界……

母亲常常将此事当作笑话讲与旁人听。他们初闻时也觉得不可思议。他们不停争辩着，讨论着，最后得出貌似真理的论断：我所言及的或许只是段梦境，然而我却将这段梦境当作事实记录下来。当然他们的理由也颇为充分：出生三十天的孩子对物件是没有概念的，所以我不可能知道什么是银项圈；出生三十天的孩子对气味也没有经验，所以我更不可能分辨出杨花的香味……

当他们颇为得意地将这结论讲出来时，通常会长吁口气，仿佛一块在空中飘移了多日的陨石终于落入河流。巨石沉潜水底，没伤得顽童牲畜，没砸得谷物野花，该是幸事。而我只能悻悻地望着他们哂笑，同时内心荡起一股从未有过的滋味。当我日后无数次地品尝到那种无以言说的滋味时，我晓得它有个略显矫情造作的名字：孤独。

是的，孤独。孤独而已。

我八岁时仍住在华北平原上的一个乡村。父亲在北京当兵。母亲拉扯着我和弟弟，种着田里的几亩麦子和花生。我那时最怕的是夜晚。那个年代，大陆的乡村还没有通电，母亲通常会点盏煤油灯，在灯下纳鞋底。我不晓得为何如此害怕夜晚，害怕它一口一口将光亮吞掉，最后将整个村庄囫囵着吞咽到它的肺腑中。我记得当时让我的祖父做了把红缨枪，枪杆是槐树的枝丫，枪头用斧头砍得尖利无比。为了美观，我还在枪头周围绑了圈柔软的玉米穗。它是我依仗的武器，是大卫王的利剑。当弟弟熟睡、母亲仍在纳鞋底时，我会蹑手蹑脚地从炕上爬起，手里攥着红缨枪闪到过堂屋，扒着门闩窥视着黑魆魆的庭院。庭院里什么都没有，只是墨汁般的黑，偶有野鸟怪叫。当母亲轻声地唤我时我才转身溜进屋，跟她解释说撒尿去了。每晚都要如是反复几次。

母亲后来有些担忧。我偷偷听她对姑妈说：这孩子啊，可能患了尿频尿急的病症，是否要去看医生呢……我忘记了当时姑妈如何安慰她，但那时，我内心委实涌起一种莫名的自豪。母亲永远不会晓得，我在用红缨枪保护着她和弟弟，保护他们免受夜晚的侵袭。可我永远不会把我的想法告诉她。当我意识到这一点时，那种无以言说的滋味又在我矮小的身躯里荡漾开去。我当时当然不晓得它的名字。

十岁时我随父母去了大同。父亲是通信兵，猫在山沟，由于没有小学三年级，我被寄养到市里的老乡家。上了半年学得了过敏性紫癜，住进了医院。多年后的梦境里，那所医院、那间病房以及死亡或活下来的孩子们依然会出现。在我印象里，那间病房是童话里肮脏的城堡，护士们戴着白帽子给我们打针，逼迫我们吃药。她们面相甜美，唯有面相甜美，才能做童话里的白雪公主。而病友们全是脏兮兮的孩子，由于吃激素，一个比一个白皙肥胖，仿佛娇嫩的蛆虫。我们在城堡里下棋、读书、打牌、洗澡、被抽脊髓和血液化验，一个孩子出院，马上会有另外一个孩子住进来，似乎童话的城堡里，总是要保持相同的人数。我中间逃离过一次医院。那天窗外的天是血红的，我听医生们私下里说，可能要地震了。我哀伤地意识到，如果葬身在这间弥漫着酒精味、饭味和尿臊味的病房里，我就再也没有机会见到亲爱的父母和瘦弟弟了。于是我从一条地下通道里逃跑了。那条通道如此黑暗、漫长，当我用手电筒照到某个房间的门时，上面写着三个字："太平间。"我撒腿就跑。多年后我尚记得自己是如何在那条光柱的牵引下伴随着恐惧抵达出口的：浑身如被大雨浇透，在推开大门的瞬息，浑浊的光线刺痛了我的眼睛。我如癞皮狗般伸着舌苔大口喘息，同时目光焦灼地注视着依然如血的低矮天空。后来我扔掉手电筒开始往家奔跑。那时我们家已搬到了市里的军区大院，医院和军区大院的距离在我看来简直就是火星到地球的距离。当我敲开房门见到母亲时，我气定神闲地说：医生知道我想你了，让我在家里住一宿……母亲什么都没问，给我热了牛奶面包，然后看着我狼吞虎咽。

翌日父亲将我送到医院时，我被那个木乃伊般的老女人（儿科主任）批评半天，并被要求写了封检讨书。那是我这辈子的第一封检讨书。海明威说：作家最大的不幸，是童年的幸福。莎士比亚也曾抚摩着丧失双亲的孩子的头颅说：多么幸运的孩子啊，你拥有了不幸。

我想说，宁愿不当作家，也要当母亲怀里的小绵羊。

等读了大学，学财会专业的我最喜好的是泡图书馆读小说。大量阅读的后果就是，我觉得我也可以写他们写的那种小说。这是种隐秘膨胀的窃喜。我常常晚上躲在教室，在日记本上虚构着我臆想出来的故事。这和我上班之后的情形如出一辙。1997 年大学毕业后，我被分配到一个乡村税务所，管理着十来家死死灭灭的工厂。由于单身，我经常替同事值班。那是如何的夜？我曾在随笔《野草在歌唱》中如是描述：

> 无数个值班的夜晚，我光着膀子开着电风扇，一写就写到天亮。我那个精通奇门遁甲的老同事说，我们税务所的院子里住着三

位仙家：狐仙、白仙（刺猬仙）和柳仙（蛇仙）。她们已在此处深居修炼多年，道行高深莫测。在那些不眠之夜，我多希望她们在我写得疲乏无聊之时，现身陪我说说话，抽根烟，或者喝口廉价的本地啤酒。可她们从没出现过，哪怕是在黑沉沉的梦中。我只听到风从檐角下急走，只听到旁边小卖部里男人响亮的鼾声，只听到野猫交媾时淫荡的叫声和夜行人匆忙的脚步声。也许她们认为，我写得太烂了。她们只喜欢貌若潘安、脸颊从不生青春痘的文弱书生。而我，太像一个粗蠢的举重运动员了。

结婚后也是如此，只有当暗夜降临，我才拥有了纯粹的自由和创造新世界的魔法——我必须承认，那是种冒充上帝的虚伪快慰：在一张张白纸上，写下一行又一行齐整密集的汉字。那些汉字瘦小孤寒，或许没有任何实质意义，然于我而言，却是抵御无时无刻不存在着的孤独感与幻灭感的利器——犹如少年时那柄散发着树木清香的红缨枪。从本质上来讲，我可能仍是那个被褓褓围圈在土炕上的婴孩，仍是那个在乡村的夜里惶恐孤单妄图用树枝保护亲人的少年。而综观我的小说创作，我方才发觉，那些主人公或多或少都有着这样的特质：惧怕孤独，沉溺孤独，或者，虚无地、无望地抵御着孤独。

在小说《广场》里，我让两个小镇青年、曾经的高中同学酒后跑到市里，漫无边际地游荡。他们并不是很熟悉，甚至彼此有些隔阂，在偌大的广场上，他们经历了一系列没有实际威胁的冒险，最后在台阶上，他们回忆曾经的青春。这是两个孤单的、散发着野姜花气味的男子。在很长一段时间内，我都在描写我寡淡无味的青春期。在《郭靖和浅水湾有个约会》里，一群县城里的"守望者"相互取暖，相互伤害。我并没有刻意去模仿塞林格，我只是倔强地认为，这些现实生活中并不存在的同类，正是我灵魂里依恋的人。在那篇修改了无数遍的《一条鱼的欢乐颂》里，我对词汇和结构的迷恋印证了我曾经是个技术主义者。印象深刻的还有一篇没有写完的小说，名字已然忘却，但是里面的气味我至今还能闻到：曾经的革命者、行将腐烂的老太太被空心菜上的腻虫折磨得神经衰弱；往昔的红卫兵小将、如今的下岗女工在偶然中干起了卖淫的勾当；而主人公，那个身手敏捷的锅炉工兼小偷，最喜欢一本叫《了不起的盖茨比》的书……以上这些作品从来都没有发表过，有的仍锁在抽屉里，有的手稿已遗失，可它们的确是我对虚无城邦的最初构建。它们激情四射荷尔蒙汁液乱溅，淹没了无数个没有名字的黑夜。我无比怀念那段时光。在我看来，它是写作者由自发写作阶段向自觉写作阶段的过渡期。那时最迷恋的是词汇和语感、结构和平衡，完全不管不顾地将自己沉浸在语言的河流中，舍不得抬头看看头顶上更广袤深邃的星空。

2001年到2004年，我写了《旅行》《曲别针》《安葬蔷薇》《关于雪的部分说法》《穿睡衣跑步的女人》。我至今也不明白为何自己一下就逃离了青春期写作，而将狐疑的目光投向庸常生活。也许跟我失去了第一个女儿有关？冥冥中我似乎懂得了如何写生活中最疼痛的细节，懂得了如何让事件在意象中凸显最本质的意义。当然，在构思和书写的过程中我感受到了作为上帝的痛苦：你让子民们拥有了土地、河流、山峦、居所、牲畜、树木、芳香与阳光，也让他们拥有了无以逃避的幻灭感。如果说这是不道德的，那么，这种不道德也是一种变异的美德。唯有如此，只能如此。或者说，这种不道德是让小说成立的必然条件，如同在大洪水时，必然有那么一艘挪亚方舟。

在相当长的时间里，作为散漫的写作者，我感到窒息。这和生活有关，和工作有关，更与无时无刻不在蔓延的孤独感有关。我常骑着辆破自行车穿行在大街小巷，目光游离，脊背佝偻，仿佛春天的病人。没有人和你谈论任何关于文学的话题，没有人赞美你写下的汉字，没有人在暴雨将至之时借你屋檐避雨。我的诗人朋友活着时曾说：当我行走在人群中，意识到自己是位诗人时，常常泪流满面。我对他的矫情在小说《我们去看李红旗吧》中进行过善意的嘲讽——其实，这何尝不是对自我的一种嘲讽？我耳畔时常响着西蒙娜·薇依的那句话："神圣在尘世中应是隐蔽的。"我知道，在这个娱乐至死的时代，文学的声音如此微弱，有时甚至是卑微的。我在默默行走中除了自我疗伤，更要提防他人好奇的目光。作为一个从来都没有自信过的写作者，我总是将自己隐身到一个自认为最隐蔽最安全的地方。多年后回想，这是多么的可笑。如果真的把文学当成一种信仰，那么他最应该做的，就是在大庭广众之下，用平常的语速和日常的表情和朋友谈论着他的信仰。不卑微，不造作，不矫情，不伤怀。我很庆幸我现在做到了这点。对我来讲，这是多么缓慢的进化过程。

当你时常走出小镇，走到你从没去过的地方，看到了从没看到过的人，你的世界会豁然开朗。我感谢后来认识的那些师友和同行，他们是我生命中的光、我生命中的火焰。我不想历数罗列他们的名字。对我而言，他们的名字同那些圣人一样不可触摸侵犯。我只想说，当沉默的我不再沉默、哀伤的我不再哀伤时，我感觉到了孤独在渐渐地离我而去。这不能说是一件好事，但肯定不是件坏事。对于生性懦弱、彷徨苦闷的写作者而言，即便同行者一个善意的眼神，也足以温暖平原上的一个冬季。

当然，我仍然生活在平原上的县城里。只不过，这个县城已经不是以前的县城。县城发生变化是近十年的事。之所以变化，是因为这里开了几家私营钢厂。每个钢厂都很大，都有很多工人，闹哄哄的，热腾腾的，空气里的粉煤灰落在他们脸上，让他们的神情显得既骄傲又落寞。慢慢地高楼越来越多，而且前年，县城终于出现了超过二十层的高楼。这在以前是不可想象的，因为我们这里还经常地震，人们都怕住高楼。而现在，人们似乎什么都不怕了，不但不怕了，有了点钱还专门买好车。我很多小时候留级的同学，现在都是这个公司的老板那个公司的董事，坐在几百万的车里朝你亲切地打招呼。犹如《百年孤独》的马孔多小镇一样，这个县城越来越光怪陆离，越来越饕餮好食。空气中的味道也发生了变化：以前虽灰扑扑、干燥，但骨子里有种干净的明亮，我相信那不是气候的缘由，而是人心的缘由。如今，小镇上虽有了肯德基，有了各样专卖店，有了各种轿车，可人却越来越物质化和机械化，谈起话来，每个成年人的口头都离不开房子、金钱、女人和权力，似乎只有谈论这些，才能让他们身上的光芒更亮些。我想，或许不单单是这个县城如此，中国的每个县城都是如此吧？这个步履匆忙、满面红光的县城，无非是当下中国最普通也最具有典型性的县城。在这样的县城里，每月都会出现些新鲜事，当然，所谓新鲜事，总是和偷情、毒杀、政治阴谋、腐败联结在一起，归结到底，是和俗世的欲望联结在一起。由于这欲望如此明目张胆又如此司空见惯，我总是忍不住去窥探。《七根孔雀羽毛》，就是在某条县城新闻启发下写的。这个小说和我以前的小说不太一样。我漫不经心地写了小县城精神上的异化，以及道德底线被撕扯后的痛楚。《地下室》也如此。我一直在想，人，到底真正需要什么，其实人人心里有谱，珍惜何物，舍弃何物，全乎一念之间。这一念，就是我们一辈子的执念。对我而言，我希望自己的眼神是清澈的，自己的思想也是清澈的。看到了暖，写了暖；看到了悲凉，也写了暖，只不过这暖，是悲凉后的暖。

一晃写了将近二十年。除了日渐衰老，我似乎没有什么收获。我想，我可能是个真正的悲观主义者，一个虚无的、孤独的、可耻的完美主义者。对于自我，从来都是厌弃，很少自珍。对于年复一年的写作，我感觉到了疲惫。为何总要写悲伤的故事？为何总要让自己不快，也让主人公抑郁寡欢？每念及此，眼前都会出现动画片《海绵宝宝》里章鱼哥冷漠绝望的眼神。我想我可能就是那只对世间万事万物都不抱期许的章鱼。为何不能随心所欲地写，没有章法地写，不做章鱼哥，而是做没心没肺的派大星（一只智商情商都不高的海星）？或因此，我才写了《艳歌》，写了《简买丽决定要疯掉》，写了《梵高的火柴》，写了《略知她一二》，写了《履历》，写了《莱昂的火车》。在我的小说写作中，这些作品是异类，是不着调的变音，是对庄重肃穆的一种反讽。可是当我写完，当我日后重读时，我发觉这些作品，骨子里其实仍无大的变化：那些主人公，依然活在生活不完美的褶皱里，依然在探寻不可能的道路和光明。当发觉这一点时，我反而有种莫名的窃喜：我还是那个我厌弃的我，我还是那个善良的悲观主义者。这很好。如果这不好，那么，我可能会喜欢上我。如果一个人喜欢上自己，该是多大的笑话。

如此看来，无论有多老，我依旧是孤独的，小说里的那些人依旧是孤独的，无论他们生了怎样的面孔。《曲别针》里的志国，有情有义的父，儒雅毒辣的商，在下雪的夜晚去嫖妓，而手里的曲别针，总是弯成女儿的肖像剪影。《七根孔雀羽毛》里的宗建明，存活的唯一目标就是把儿子从离婚后的老婆那里抢夺过来，为了这卑微渺小的奢望，他付出了高昂代价。《细嗓门》里的林红，杀夫后跑到山西，为的是帮助少女时代的闺密重获家庭。《梁夏》里的梁夏，就更为萧瑟孤单——一个男人如何才能证明一个女人想强奸自己？《长发》的王晓丽就更不消说，为了和喜欢的男人结婚，即便被商贩强奸，只要手里的钱币没有丢失，心里也是暖暖的。那么《在云落》里的苏恪以呢？那个孤魂般的男人，他不停地找寻着昔日恋人，难道不是因为害怕与生俱来的孤独吗？

所以，我是在回溯时光时发觉了人孤独的本质。多么愚钝。多年后读到三岛由纪夫的《假面的告白》时曾哑然失笑。三岛由纪夫比我更荒诞，他竟然记得自己出生时的情形。他说，出生时洗澡用的澡盆是崭新的光亮的树皮盆，他甚至还记得从内侧看到的盆边射出的微微亮光……

　　所以，我也在是回溯时光时，发觉了自己小说的特质：那群内敛的人，始终是群孤寒的边缘者，他们孑然地走在微暗夜色中，连梦俱为黑沉。只有在黑暗中，他们才能各得其所。这是件真正细思恐极之事。我一直以为自己的小说看似冷清，骨子里实则喧闹世俗，而实际情况可能是，我的小说骨子里仍冷清晦涩，缺匮适度的光亮暖意。

　　可是，真的如此吗？我又狐疑了。不过，想想也释然。无论如何，一个小说家对自己的小说无以判断，该是件值得庆幸的事。

2015 年 4 月 5 日于侨城

蒙太奇手法与《八月之光》

　　《八月之光》1932 年在美国问世后，评论家们普遍是赞美的声音。尽管出版初期在肯定它的同时有些訾议，但是到了 1935 年，《八月之光》作为威廉·福克纳有特色的重要作品已经得到公认。

　　《圣殿》出版后，当时颇有影响力的批评家亨利·坎比称它为"美国小说虐待狂的代表作品"，把福克纳归纳为美国小说的"残酷的一派"。但是《八月之光》发表后，亨利·坎比对福克纳的评价发生了很大改观，他说《八月之光》"是一部极有见地和感人力量的小说，人物难以置信的丰满，描写生活有时几近诗的境界。小说充满同情精神，救助了那些过于看重生活的艰辛和绝望的人"。评论家 J．D·亚当斯说："由于这部小说的问世，……前一部小说中呈现的给人有些粗糙和纯然暴力的印象很有成效地得到了节制，以至令人难以相信在如此短暂的时间里竟能奏效。"多年之后伟大的评论家哈罗德·布鲁姆更是不吝赞美，他说："在我们这个世纪……福克纳创作出了最好的长篇小说，尤其是《我弥留之际》和《八月之光》。"

如此看来，《喧哗与骚动》和《我弥留之际》为福克纳博得盛赞之后，《圣殿》的出版则为他带来非议。福克纳写作《八月之光》时，自己是有所警惕和反思的，并对这部小说抱了某种可猜度的期许。他可能对批评家们的訾议表面上看起来不在乎，其实很反感评论家们对《圣殿》的看法，正是这种"不在乎"，成为他要写一部更为严肃也更为复杂的小说的动力，以纠正批评家们的偏见。福克纳于 1931 年 8 月 17 日（从现存的《八月之光》上标注的日期看）开始动笔，1932 年 2 月 19 日完稿。他在看完校样后给他的出版代理人本·华生的信中写道："我看不出它有什么不妥之处，我希望就照现在这样出版。这部小说是小说而非逸事，也许因此它可能显得头重脚轻。"

为何起《八月之光》这样晦涩的名字？福克纳曾经给过解答："在密西西比州，八月中旬会有几天突然出现秋天即至的迹象：天气凉爽，天空中弥漫着柔和透明的光线，仿佛它不是来自当天而是从古老的往昔降临，甚至可能有从希腊、从奥林匹斯山某处来的农牧神、森林神和其他神祇。这种天气只持续一两天便消失了。但在我生长的县内每年八月都会出现。这就是那标题的含义。对我来说，它是一个令人怡悦和唤起遐想的标题，因为它使我回忆起那段时间，领略到那比我们的基督教文明更古老的透明光泽。"

这是一部复杂又明晰的小说。小说的内容概括起来很简单。莉娜是个单纯、天真、善良的农村姑娘，父亲母亲都病逝了，她跟着哥哥嫂子一起生活。她爱上了卢卡斯·伯奇，并且怀上了他的孩子。卢卡斯·伯奇是个吊儿郎当的男人，用现在的话讲，是个不折不扣的渣男。莉娜怀孕之后他怕担责任，于是跑掉了。莉娜并没有觉得自己被抛弃，她的想法有些愚钝，就是要找到卢卡斯·伯奇。这个想法固执又坚硬，驱使着从来没有出过远门的她独自上路。莉娜的性格有点像《秋菊打官司》里的秋菊，寻找的目的可能就是为了讨个说法，或许，连这样的想法都没有，只是痴迷于寻找本身。在她寻找卢卡斯·伯奇的过程中，她遇到了拜伦·邦奇。拜伦·邦奇爱上了这个纯朴的农村姑娘，并且帮她寻找卢卡斯·伯奇。卢卡斯·伯奇化名为乔·布朗，并且跟邦奇是工友。布朗天天跟克里斯默斯混在一起。这样克里斯默斯又粉墨登场。

克里斯默斯从小是个孤儿，少年时被人领养。他一直为自己到底是黑人还是白人而苦恼。可以说，对自己身份的难以确认一直是纠缠他的终极问题。如果这个问题解开了，他就获得救赎；如果这个问题继续纠缠他，等待他的唯有地狱。他年轻时因为跟酒吧女招待谈恋爱误杀了养父，从此浪迹天涯四海为家。后来他遇到了白人老处女伯顿小姐。伯顿小姐爱上了他，两个人的爱情更像是畸恋，一个是满足性欲，一个是动了感情。伯顿小姐怀上了克里斯默斯的孩子。按照我们的正常逻辑，这应该是个花好月圆的故事，两人终成眷属，并且共同致力于黑人权益运动。可福克纳给了我们一个惊悚的结局：克里斯默斯杀了伯顿小姐。克里斯默斯为何会这么做？福克纳给了我们最让人信服的解释。

　　整部小说的梗概大抵如此。在这部小说中，福克纳企图使用莉娜这样一个个案性格去象征更为复杂的人性。她淡定地行走在寻找卢卡斯·伯奇的路上，这个形象从小说的开头到结尾一直在贯穿，一方面为小说构建了基本的框架，另外一方面体现了更复杂的社会性。她跟《喧哗与骚动》中的迪尔西一样，好像是地母的化身，内心里一直有种强大的生命力，这种生命力可能来自纯朴的天性，也可能来自她所生活的土地上的灵性。她乐观、蓬勃的性格和寻找跟小说中的克里斯默斯、海托华、伯顿小姐这些悲剧性人物形成了一种强烈的比对。她自然、执着，甚至有些愚钝，可她自在坚韧、宽厚仁爱，体现了福克纳对美好女性的向往和肯定（其实福克纳对女性的态度一直值得怀疑）。

　　而小说中真正的主人公克里斯默斯的生活却是个不折不扣的悲剧：还在襁褓时就被抛弃，在孤儿院发现了女营养师的隐私被报复，送到清教徒麦克伊琴家里做养子。养母对他关爱有加，却让他无比厌恶。他对女人胆怯、偷偷摸摸的爱有种天然的憎恶与蔑视（与养母的关系更像是他与伯顿小姐的亲情版本）。成年后爱上的女人没想到是个娼妓，也引发了他失手杀死养父这样的恶性事件。他开始逃跑、流浪，干过各种活计，睡过不少女人，而他的内心却一直不得安宁。印刻在他身上的红字就是"我到底是黑人还是白人"。他长达十几年的流浪生涯可以看成是他寻找自我的一个过程。在偶入伯顿小姐的厨房后，事情变得越来越糟糕。他们的交往实质上是两个畸零人的生理需求。伯顿小姐想用自己的思想改造他，但遭到了他的拒绝和抵抗。两个人的最终结局是场悲剧，只不过，这场悲剧在他们相遇之前就注定了只能如此。造成克里斯默斯悲剧的原因，福克纳在弗吉尼亚大学演讲时曾经这样说："我认为他的悲剧在于，他不知道自己是谁——究竟是白人还是黑人，因此他什么都不是。由于他不明白自己属于哪个种族，便存心地将自己逐出人类。在我看来，这就是他的悲剧，也就是这个故事悲剧性的中心主题：他不知道自己是谁，一辈子也没法弄清楚。我认为这是一个人可能发现自己陷入的最悲哀境遇——不知道自己是谁却只知道自己永远也无法明白。"

在这部《八月之光》中，福克纳除了运用复调结构和对照型结构，还使用了很多电影蒙太奇手法。

其实，在阅读《喧哗与骚动》和《我弥留之际》时，我曾经想过电影和福克纳的关系。福克纳在小说技术上的一些手法跟电影镜头的运用极其相像。1995年初次观看昆丁的电影《低俗小说》时，我突然想到了福克纳的小说《喧哗与骚动》，那时候刚阅读这本小说，而小说叙述和电影镜头在技巧上的某些相似，让我有种奇妙甚至茅塞顿开之感。

原来在 1913 年，默片已经在福克纳的故乡普及，成为娱乐的主要方式。而福克纳是个电影爱好者，经常去电影院看电影，这种娱乐方式贯穿了他的青年时代。20 世纪 20 年代到 30 年代，电影在市场上虏获了大量观众，换句话说，电影产业以疯狂的速度发展，而文学的读者与电影的观众相比较，在数量上已经不是一个等级。这种现象得到了一些一线作家的注意，当时的菲茨杰拉德、海明威、乔伊斯等，有意识或无意识地在他们的小说中运用了电影思维，并且将电影的拍摄技巧用在小说的叙述革新上。1932 年，也就是福克纳出版《八月之光》的那一年，他把自己的小说《坟墓的闯入者》改编成剧本，交给了好莱坞，这也标志着他正式开始与好莱坞的合作。福克纳曾经表达过对编剧工作的厌恶，认为从艺术形式上看，电影是比小说低级的。但是也存在一种可能，这种说法只是出自一个作家的自尊和天然的骄傲，或者说，迎合文学批评界的精英意识而故意做出的姿态。不过翻阅福克纳的随笔集，演说词和给编辑的公开信占了绝大部分，书评与剧评也有，但确实没有发现他写过任何一部电影的影评。他倒是很喜欢戏剧，曾经写过《美国戏剧：尤金·奥尼尔》《美国戏剧：抑制种种》《评艾德娜·圣·米莱的〈独幕剧：返始咏叹调〉》。

美国文学与电影专家布鲁斯·卡文曾经对福克纳的剧本做过专门的研究。他发现，福克纳是最电影化的一个作家，"福克纳创作生涯的矛盾之一在于，他写出了特别电影化的小说，但相当保守的电影"。这句话饶有意味。他的意思是，福克纳在小说中喜欢并擅长运用电影里的一切手法，但是编写的剧本却中规中矩，缺乏新意。我没读过福克纳的剧本，不知道卡文的这种说法是客观的表达，还是对福克纳的某种揶揄。不过，可以肯定的是，福克纳编剧的身份有助于他在自己的小说作品中进行更深层次的主题挖掘。还有学者说："福克纳的现代主义事实上在很大的程度上来源于他与大众文化的关系，一种包含了嫉妒、着迷、挫折和蔑视的因素在内的关系。这种关系对其写作产生了一种强大而使人不安的效果。通过与大众文化策略和形式的遭遇，他的写作显示出了深刻的现代主义意识。具体而言，它体现在福克纳对大众艺术的形式和再现模式的充满想象力的运用，最主要的就是电影。"这种说法也很有意思，它可能确实挖掘了福克纳内心里对电影的本真态度，那就是既着迷又妒忌，同时又有种与生俱来的蔑视——犹如古希腊悲剧爱好者对喜剧的蔑视。还有种说法，1933年到1955年好莱坞工作的经历影响了作为小说家的福克纳，对他在好莱坞的作品的详细考察，显示福克纳在小说创作中融合了电影的方法并且把它们转换成了小说的技巧。我觉得这种观点并不严谨，《喧哗与骚动》《我弥留之际》和《八月之光》是在福克纳写电影剧本前就已经完成了，如果说这种工作经历有影响，可能会涉及《押沙龙，押沙龙!》（1936年出版）、《野棕榈》（1939年出版）等一些篇目。电影影响了福克纳的创作手法，但是福克纳的小说创作也影响到了一些电影人，比如法国新浪潮的代表戈达尔是福克纳的忠实读者。戈达尔的电影在创作手法上受到了《野棕榈》的影响，而且里面的对白引用了很多《野棕榈》里的语言。

是电影影响了福克纳的文学创作，还是福克纳影响了一些现代派导演的电影创作？这是一个值得研究的话题。但可以肯定的是，现代主义艺术家和作家之间的交流和借鉴，促进了小说叙事学的发展和自我更新、自我完善。尤其是电影蒙太奇技巧对小说叙述的启发和促进，甚至让一些评论家如此认为：如果不把蒙太奇美学纳入进来，那么现代主义运动的讨论将变得很困难。

有学者认为，蒙太奇是电影和文学的美学基础，也是福克纳作品的核心技巧和哲学思维方式。此种说法有待商榷，可也不无道理。蒙太奇是福克纳最重要的小说技术，并且是一种哲学思维方式。苏联电影大师爱森斯坦认为，蒙太奇既是技术又是哲学的证据就是：两个并列的蒙太奇镜头，不是"二数之和"，而是"二数之积"。也就是说，镜头一和镜头二在荧幕上的并列和作用诞生了镜头三。那么，镜头三是什么？镜头三其实不在镜头之内，是抽象的存在，它的客观存在要依仗观众的构建。换句话说，镜头三其实是中国绘画里的"留白"，留的到底是何物，作者到底想说什么，要靠观众自己去想象和猜度。福克纳对这种蒙太奇的技巧很熟悉，最起码来说，如果他不熟悉，不会在小说里乐此不疲地去运用。《八月之光》里，无论是从宏观的小说结构还是微观的章节与章节、段落与段落，甚至是句子和句子之间，蒙太奇的运用无处不在。

从小说的整体结构看，《八月之光》主要分三条线，即莉娜、克里斯默斯和海托华。单从克里斯默斯来看，他的相关章节里面其实又包含了三个人物的故事：一个是克里斯默斯的情妇伯顿小姐；另外一个是克里斯默斯在工厂的朋友布朗；第三个是克里斯默斯的外祖父海因斯。莉娜和克里斯默斯这两个主要人物从头到尾都没有遇到过，他们唯一的交集就是布朗。

小说的核心是克里斯默斯，主要是写他充满悲剧性的一生，但是小说从莉娜开始，又到莉娜终结。这其实就是福克纳运用平行蒙太奇叙事手法的证据。它间接地表达了福克纳的美学理念。福克纳也说过，之所以把海托华的顿悟和死亡放在倒数第二章，是因为克里斯默斯的悲剧最好以另外的悲剧来反衬，这表明福克纳非常熟悉镜头一和镜头二的并置以及并置产生镜头三的理论。

　　除了小说整体结构上运用了平行蒙太奇手法，在各章节的衔接中，福克纳还运用了交叉蒙太奇的手法。也就是说，在《八月之光》里，这种频繁使用的方法把同一时间在不同空间发生的两种动作，或者两条或数条情节线迅速而频繁地交替剪接在一起，各条线索相互依存，最后汇合在一起。莉娜的故事主要在第一章、第二章、第十七章、第十八章和第二十一章，克里斯默斯相关的章节是第二章、第五章、第六章、第七章、第八章、第九章、第十章、第十二章、第十三章、第十四章、第十五章、第十六章和第十九章。莉娜和克里斯默斯的相关章节中，又穿插着拜伦·邦奇和海托华的故事。在小说第一章的结尾，赶车人对莉娜说，看见了没有，有幢房子着火了。第二章里描述莉娜和拜伦·邦奇第一次见面时，拜伦说厂子里没人，说他们去那边看大火去了，这时莉娜说："在进城的路上，我们从马车上就看见了。"她说：

"火势真大。"第四章，拜伦·邦奇跟海托华聊天时，拜伦·邦奇说："于是我讲个没完，那边烧着的大火看得清清楚楚……"海托华说："是昨天烧的那幢房子吧……""伯顿家的那幢老房子。"拜伦说。在这三个章节里都提到大火，但是福克纳并没有正面叙述，直到第十三章，才开始讲述这场大火的前因后果。毫无疑问，同一事件在不同叙事角度之间的来回转换犹如电影镜头的切换和交叉剪辑，这种方法很容易营造紧张的氛围，引起观众强烈的好奇心。而在小说里，这种交叉剪辑手法也能起到同样的作用：读者感觉到悬念一直在被延宕，因而内心既焦虑又紧张。

另外，电影蒙太奇改变了时空感知方式。在电影里，物理时间可以被变快、变慢、凝固或者无限延长。时空的自由转换与跳跃，视角的不断变化，有助于人物内心世界的主观表达。这种物理时间的操作技巧在《八月之光》里也有多次使用。比如莉娜的故事从开始到结束都是按照正常的物理时间来讲述，而克里斯默斯和海托华的故事讲述方式则打破了物理时间，既有现在时，又有过去式。福克纳不断地运用时间观念，倒叙、多视角叙事、转述等多种叙述方式交叉运用，让人想到电影的剪切、插补、溶解等表达手段。这样的方式产生了一种奇妙的效果：从某种程度上，它破坏了叙述的完整性；从某种功能上，它诞生了不可思议的戏剧性张力。福克纳自己也说过，在

《八月之光》里，"我抛开时间的限制，随意调度书中的人物，结果非常成功，至少在我看来效果极好，我觉得这就证明了我的理论，即时间仍是一种流动的状态，除在个人身上有短暂的体现外，再无其他形式的存在"。

谈了这么多闲话，其实我最想看到的是一部关于威廉·福克纳的电影，不是纪录片，而是剧情片。在我的想象中，一个有勇气、有气力在小说中开天辟地的天才作家，他的人生故事肯定精彩绝伦，犹如上帝最得意的响指。可为何至今还没有哪位导演去关注这位生活在小镇上的酗酒者？这委实是个值得玩味的现象。没错，关于作家的电影不计其数，比如《成为简·奥斯汀》、《莎翁情史》、《最后一站》（列夫·托尔斯泰）、《明亮的星》（济慈）、《时时刻刻》（弗吉尼亚·伍尔夫）、《花神咖啡馆的情人们》（萨特和波伏娃）……连托马斯·沃尔夫也有关于自己的电影《天才捕手》，而那个喜欢电影并且在小说里信手拈来使用蒙太奇手法的大师，却只能在天堂里安静地欣赏着荧幕上他人的虚假人生。

2019 年 5 月 21 日

迷雾旅途

　　写作是怎么发生的？当青春的荷尔蒙在体内蔓延炸裂的时候，需要悬置一个安抚本体情绪的出口，这个时候，自我抒情就出现了。于我而言，这种抒情的方式简单且具有隐秘性，那就是写日记。不是语文老师安排的那种，而是随心所欲地记录着世界在少年眼中逐渐清晰或逐渐模糊的过程。多年之后，重新翻阅十几岁时写的日记，我发现记载的无非是学业苦恼、与亲人的隔阂、凌乱的阅读笔记、对四季流转的惆怅。我有些惊讶，竟然没有一篇是关于情感的。也许，那个十四五岁的男孩已然警惕，正是因为日记具有隐私性和不可侵犯性，所以往往也是最危险的。没错，敏感、多疑、感伤、偏执向来是少年的天性。

　　日记里的一些事，即便过了三十多年，我依然记得。比如，初三春天的某个上午，我逃了半节课。是我最喜欢的数学课。那个戴着黑框眼镜、手里总是攥着三角尺、嘴里时不时叼根香烟的张老师是我最喜欢的老师之一。她很瘦，眼神犀利，逻辑清晰，听她讲几何是莫大的享受。可那天我逃课了。为何逃课？那天下着蒙蒙细雨，学校元代古城上的植物差不多全开花了。我在古城上漫步，没有打雨伞。如今回想起来，无非是为赋新词强说愁的男孩心血来潮的一次短暂漫游罢了。奇怪的是，我如今还能回溯起那个上午的心情：既幸福又焦虑。幸福是雨中的植物散发出一种香气，这让我难免沉迷；焦虑则是马上面临中考，成绩一般的我能否继续在一中求学……当我回到教室时，数学老师瞥了我一眼，挥了挥手。她什么都没问，只是示意我赶紧回座位。我到现在还记得她的眼神。

记忆总是以独特的方式为我们的衰老做出最恰宜的注解。高中那几年，我对县城感觉到了深深的厌倦。这种厌倦既跟小时候随父亲走南闯北有关，跟暗恋失恋有关，跟莫名的骚动有关，也跟我探索自己时察觉到的主体有限性有关，总而言之，我的苦恼和迷惑并没有摆脱青年人精神焦虑的普遍性。尤其高三那年，除了学英语，除了跟女孩们聊文学，我一直盼望着高考早早结束，我好早早去当兵。当兵的梦想很快被父母轻易掐灭了。我选择了复读。复读那年我只理过两次头发，凌乱油腻的头发和穿了整个冬天、满是饭菜馊味的绿色军大衣让前来探望我的前女友满眼含泪。我那时会在日记本里写一些小说片段，用现在的眼光看，稚嫩且压抑。当然，日记里记录最多的是数学题——都是那些无论做多少遍依然会做错的类型。高考前夕，我在《花城》杂志读到了林白的《一个人的战争》，读到了王小波的《革命时期的爱情》。在濡湿闷热、汗味扑鼻、只有几个吊扇旋转的巨大教室里，我呆呆地想，等高中毕业了，我一定写篇小说。

那篇小说的名字叫《野猫的春天》，当然，像大多数初恋一般无疾而终。直到大学二年级，我才写完了人生中第一篇完整的小说：《小多的春天》。这篇小说因写在日记本上而得以完整保存。小说的第一段如下：

> 1988 年冬天，我读了一篇令我倾倒的小说，与其说那是篇紊乱的小说，不如说是一个梦呓者的喃喃私语。我似乎陷入了由阴谋者设下的防不胜防的漆黑陷阱。在季节性的枯萎与伤逝中，我怀疑我的神经细胞在语言的摧毁下轰然开裂。

关于第一次投稿经历，我在随笔《在南方》中曾有详尽描述：小说誊好之后，我写了封文艺腔十足的介绍信，在牛皮纸信封上一笔一画写上"上海巨鹿路675号《收获》编辑部收"，然后满心欢喜地投寄出去。多年后我还隐约记得信里的内容：我是个学财务会计的大学生，可在学校图书馆里看到托尔斯泰、看到雨果、看到鲁迅的头像，我觉得写作才是我灵魂的归属……接下来是漫长熬人的等待。过了一个月时暗自思忖，怎么还没发表啊？又过了一个月，开始疑神疑鬼，这本杂志是不是停刊了啊？（原谅一个无知青年的愚钝猜疑吧。）第三个月，我终于收到一封没有署名的退稿信。字是钢笔字，且比我的字飘逸秀气得多：……你的语言不错，可你对小说的理解有些偏差，希望你以后多读多写……我记得收到退稿信的那天既伤感又憔悴，拉着一位余华的粉丝喝了很多啤酒，回来后吐得满床皆是……我们宿舍的人都知道我写小说了，跟别人介绍时就说：这是我们家老三，写小说的，老厉害了！收到过《收获》的退稿信呢！知道《收获》不？巴金主编的！……

毕业后我被分配到一个镇上的国税所。那段时日，除了替同事们值夜班，除了马不停蹄地相对象，就是偷偷摸摸写小说。写小说的小公务员是可耻的，我向来不敢让同事们知道我还有这个癖好。这种羞耻心在多年后得到了校正——写作跟打篮球、玩游戏、搓麻将、喝烂酒一样，都是再普通不过的事情。对日常性的事我们要保持起码的尊重，因为不尊重日常就是在诋毁生活本身。我向来是个后知后觉的人。

2001 年之前，我写了很多小说，有十多万字。这个阶段被我总结为自发性写作阶段。自发性写作有一个最明显的特征，就是拥有着激情澎湃的抒情冲动，这种冲动是力比多天然分泌的必然结果，它懵懂、无知无畏、具有破坏性和随机性，同时又充斥着肉身的气息，当然，因为天然无雕琢，作品可能会显得粗糙，可元气充沛的复句和病句在某种程度上弥补了它的缺憾。在这个阶段，曾经有很多伟大的天才作家写出了自己毕生的代表作。这是让如我这般的平庸写作者无比羡慕和无比沮丧的事。在这个阶段，我写下了《火车的掌纹》《U形公路》《一棵独立行走的草》《关于雪的部分说法》和《献给安达的吻》。这些小说基本上都有着狰狞的语言和荒诞悲伤的情节，犹如向路人推荐大力丸的武士兴致勃勃地撸起了袖口露出了浮肿的肌肉。这一时期的作品，大都是纯粹的虚构，无论是情节还是人物，基本上都是凭空捏造杜撰的。他们是镜中人，貌似是三维世界的生命，实际上，他们仅仅存活于二维世界。

我时常想起《收获》编辑的那封退稿信：多读多写。多年后我忽然发现，这四个最朴实的字，蕴含着写作最本真的原理：不断读书让我们的思维保持了多元化思考，连续写作则让我们在自我革命中解决了诸多技术性问题。是的，写着写着，读着读着，小说家就进入了自觉写作阶段。从自发性写作到自觉性写作，符合创作的逻辑性。在这个阶段，写作者褪去了莽撞的冲动和无畏，变得畏手畏脚，变得虚弱多疑，他会遇到诸多写作上的困惑。比如：什么样的语言才是好的语言？不同的题材是否要使用不同风格的语言？结构如何构建？短篇小说的结构越简单朴实越有力量，中篇小说的结构要相对复杂，那么长篇小说的结构，是否真的考验创作者的世界观和平衡感？人物关系又如何在叙事推进中迸发出真正的内部力量？

这个阶段的初始，我写了《曲别针》《草莓冰山》《安葬蔷薇》《穿睡衣跑步的女人》《疼》《蜂房》《细嗓门》等。这些小说跟以往的小说最大的不同，便是它们的故事内核基本上都来源于现实生活。小税官的身份让我接触到了形形色色的人，听说了无数光怪陆离的传闻逸事，感受到了来自最基层的多维情感。这些人、这些事、这些情感折磨着我，让我只能以小说的方式来宣泄对这个世界的诸多看法。我对哲学、社会学和美学知之甚少，我没有提炼精神主旨和哲学意味的能力，我唯一能选择的，就是将故事讲得尽量复杂且不落旧窠。《曲别针》里的志国既是锹厂老板又是一位曾经的三流诗人；《草莓冰山》里的"小东西"，似乎是年幼的被侮辱与被损害者；《安葬蔷薇》里的父亲，酩酊大醉后跪在月光下祈祷孩子平安，并将一朵蔷薇偷偷塞进裤兜；而《穿睡衣跑步的女人》里不断怀孕又不断面临与女儿们分离的母亲，果断地选择了堕胎，当她被肚子里的儿子打败，终于爱上他安心养胎后，却被强行引产……这些小说里的人物，都来源于我听到的、我看到的、我亲历的。他们渺小难言，他们复杂多变，他们具有我认为的某种不可诠释性……而 2005 年到 2007 年之间，我几乎没有写过小说。2005 年深秋，我一个诗人朋友选择在自己生日那天，以诗人们惯常的方式离开了世界。他的离去让我感受到了致命的虚无。很多个夜晚，我不敢闭上自己的眼睛。我对生与死、黑暗与光明的界限敏感到无以复加的地步……

只有家庭和孩子能抚慰年轻父亲的心脏。孩子甜美的笑容和稚嫩的声音让我感受到了某种人世间永恒的力，自我暗示和自我治愈让我渐渐恢复了写作。2008 年，我写了《刹那记》《地下室》《大象》三个中篇。在这些作品中，我对家庭悲喜剧、情感类型、人世间的情义进行了一定程度的梳理、呈现、探索和解剖。我不知道这些是否有意义，我唯一能确定的是，这个过程让我平静且满足。

写作多年来，我从来没有考虑过风格的问题，也从来没有不停地绘制过一张虚构地图，我总是随心所欲地写着那些让我觉得五味杂陈的事件，当这些事件、事件里的人物终于被构建完整圆满，我就无耻地心满意足了。毕竟，意义无法被强行赋予。2009 年至 2014 年，我陆续写了《夜是怎样黑下来的》《梁夏》《小情事》《七根孔雀羽毛》《良宵》《在云落》《因恶之名》《野象小姐》《直到宇宙尽头》《伊丽莎白的礼帽》等二十五个中短篇。对我这样懒惰的写作者而言，这段时光是我创作的高峰期。当然，我只是面无表情地写着，对于一个白天上班夜晚写作的小公务员而言，疲惫与厌倦在所难免。我庆幸的是这段时期，那些美好的编辑以各种方式鞭策甚至是鞭打着我，让我没有因散漫而变成一个游手好闲、虚度年华的小说家。

2015 年，我终于当了一名专业作家。对这个新职业，我并不熟悉，甚至有些懵懂。大块时间并没有让我的写作欲高涨，相反，我在读书，我在采风，我在参加各种文学活动，我在思考写作的意义。也许，虚无感并非仅仅源于写作的焦虑，也源于人到中年的茫然。对待焦虑和茫然最好的方式，就是摆出副漠不关心的姿态吧？

也是在这个时期，我开始考虑写一部长篇小说。那个在我记忆中不停把嘴巴塞满食物的小女孩，让我的倾诉欲蠢蠢欲动。我不断想象她长大的模样，想象着她的职业，想象着她嫁给了怎样的男人，想象着她在漫长平凡的生活中如何与命运对抗又如何与生活妥协。我希望她是个幸福的人，善良、勇敢和情义会笼罩着她、庇护着她、牵引着她，即便她深陷泥沼，罅隙中透出的光仍会照在她身上，并且通过她的瞳孔微微了了照着她身边的人。接下去，我开始作人物小传，尽量让所有的人物都跟这个叫"万樱"的女人有着千丝万缕的关系。然后我着手写故事梗概。对于我这样一个不太喜欢讲故事的小说家而言，长篇不仅仅意味着具有命运感的连续性事件，还意味着时光与万物本身。我想将时光与万物变成小说隐形的主人公。我一直认为时间并不存在，它只是人类衡量宇宙的一个虚拟词。可正是这个虚拟词，让古往今来的圣贤、哲人、物理学家不断探索、吟唱、辩证、释义。我比较赞同海德格尔的说法，过去是已经消逝的现在，将来是尚未到来的现在，传统时间观的自然性，是人类精神表达方式和精神体系的基础。他还主张基于实存体验的时间概念，认为时间是圆的而非直线。没错，地球是圆形，太阳是圆形，银河系是椭圆盘形，等时间的起点与终点重合，它也是圆的。

而小说的时间性，更是一个复杂的话题，从莱辛的《拉奥孔》，到巴赫金的《小说的时间形式与时空体形式》，再到瓦特的《小说的兴起》，无论是先验主义还是经验主义，讨论都充满了不确定性和主观性。在这部叫《云落》的小说中，有很多关于"瞬间"的细节描写。无论是万樱还是其他次要人物，常常在某个"瞬间"强烈地感知和触摸到时间流逝的质感。这种质感与声音有关，与凝视有关，与思维空白有关，与植物和动物有关，与食物的颜色与气味有关，与器物的坠落与损毁有关，与情感有关，与"一弹指六十刹那，一刹那九百生灭"有关，与世间万事万物有关……我知道这是一种危险的选择，可我特别希望通过这种危险的选择，传达出我对"时间"的迷恋和对"永恒"的辨析。我不知道我的选择是否正确，可我希望，它能让小说呈现出一种不合时宜的异质性与陌生感。

如今，这部《云落》终于出版了。它能否如我暗暗希冀的那般，得到同行和理想读者的认可？当然，一朵云落下，有可能变成雨，也有可能变成雪，无人知晓，它是落在了山脊，落在了鹰的羽毛上，落在了太平洋的旋涡里，还是落在了一个孩子的睫毛上，这些都无法确定，也并不重要。可以确定的是，我已经很多年没有写过日记了，曾经的日记本随着结婚、搬家、迁址也散失不少，不过，关于少年时期和青年时期的心事，我仍记得。而关于写作这件事，我觉得就像一个孩子懵懵懂懂地在漫天迷雾中行走。在行走的过程中，有时雾会稀薄些，阳光会偶尔照耀在身上，更多时候大雾弥漫，孩子不知道前行中会遇到怎样的风景与险途。走着走着，即便没有身揣明镜，他仍然会察觉，他的脚步在逐渐缓慢，他的腰身在逐渐佝偻，他的目光在逐渐涣散，他的鬓角在逐渐变白……值得庆幸的是，这些都无关紧要。

他依然行走在迷雾中。

2024 年 6 月 24 日

坦　言

——《云落》创作谈

1

很多年之前，我在电视里看到过一个专题片，说的是有户人家的孩子跟继母生气，离家出走了，过了半年终于被找回。回来后的孩子性情大变，打架闹火，顽劣异常，当父亲的并未介意。孩子长大后成了问题青年，吃喝嫖赌抽，进了局子。某天，有个陌生青年找上门来，自称是当年离家出走的孩子，养父母去世后，想念自己的父亲，所以回来了……这是个真实的故事，记者还采访了诸多当事人。我当时最大的疑惑是，一个父亲，难道会认错仅仅离家半年的儿子吗？那个鸠占鹊巢的流浪儿，当初又是如何蒙混过关，骗过男人和左邻右舍的呢？电视里给的答案是：两个孩子长得确实像，流浪儿又很聪明，在大家寒暄时察言观色，判断来人的身份和辈分，并未露出半点马脚……之后的若干年，我时不时想起这个故事。它里面似乎囊括了很多只属于中国家庭的原始密码。

很多年之前，我写过两篇关于女孩樱桃的小说，一篇是《樱桃记》，一篇是《刹那记》。最后樱桃停留在了少女时期，停留在了《刹那记》的结尾：裁缝带着她去外县的医院做流产，在颠簸的公共汽车上，一只瓢虫在她迷宫似的掌纹里爬来爬去。之后，她身上发生了如何的变故？她遇到了如何的魑魅魍魉？一个内心至纯至善的人会不会被这个世界悄然改变，最后沦落为沉睡的恶人？在看电影时，在觥筹交错时，在飞机穿过云层时，在开漫长乏味的会议时，在阳台上看着枫树发呆时，时不时有这样的念头困扰着我。我眯着眼睛，妄图穿过层层迷雾看清她的眉眼，看清她身旁围绕着哪些人，看清她羞涩隐忍的神情以及笨手笨脚劳作的样子……后来我终于明白，看是看不清的，也许只有在笔落下的刹那，她所有的一切，她的良善、她的卑微、她的爱与哀愁、她的骄傲与羞耻，才会拨开重重迷雾在月光下诞生。

很多年之前，我有个很神奇的朋友。他是个公务员，私下也做点买卖。他的买卖几乎紧扣着独属于县城的时代热点：先是开了家豪华的KTV，在那个类似罗马斗兽场的大厅中央，是一根伸展到屋顶的银色钢管，每晚都有来自俄罗斯或乌克兰的金发美女缠绕在上面跳舞。后来因为斗殴事件频发，他去做海鲜生意，由于人脉通达，几乎包揽了所有政府部门的节假日供货。某年夏天，因海域边界问题与邻县渔民发生争执械斗，他又转身去做房地产生意……我的印象中，这个总是面带微笑的好兄弟是个温和旷达的人，但凡得闲，他都带领着手底下一帮穿金戴银的小弟整整齐齐地坐在客厅看南怀瑾讲《金刚经》或《定慧初修》。说实话，他的人生之斑驳之复杂，让我时常萌生出给他写传记的念头……他声色犬马他活色生香他我行我素他异想天开，恍惚中他早在我眼中幻化为中国经济飞速发展时热气腾腾的欲望本身……

很多年之后，确切地说，是在写了五十多个中短篇小说之后，我发觉自己变成了一个温暾的话痨，在小说本该结束的地方仍无止境地絮絮叨叨，时间久了难免自省。自省的结果就是：我可能到了写长篇的年岁。这个世界馈赠给我的，无论是幸福的、痛楚的、圣洁的还是污秽的，经过了这么多年的过滤已然清澈。虽然我不是个擅长辩论的人，可我真的需要在漫长的文字旅途中与这个变幻无常的世界对话。或者说，我要用一种更宽广深邃、多维立体的文体来审视、梳理跟这个世界的亲密关系。而我念念不忘的那些人、那些事，那些讲不清道不明的世间纠结，或许就是我向这个世界倾诉的不二渠道了。

自言自语

2

　　我买了一个极厚的黑色封皮笔记本。2016 年某个春日下午，我在上面写下了两个字：樱桃。接着我开始着手构建与她相关的诸多人物。我赫然发觉，长篇是跟中短篇迥异的文体。短篇有个新颖的意象就行；中篇呢，需要有扎扎实实的故事做骨架，剩下的就水到渠成了。而长篇似乎并非如此，我胡乱编织着人物关系，耐心地作着人物小传，心虚地打着小说提纲，心底却仍是一派茫然。有位挚友曾无数次跟我说，长篇最重要的就是结构，结构定下来，长篇就完成了一半。我当时并没有往深处细想，在多年的长篇阅读经验中，我很少刻意留意小说的结构，相反，我总是深深迷恋着讲故事的方式、精确的语言和丰饶的细节。笨人有笨法，深思熟虑后，我打算重新研究一下长篇小说的结构。

　　这种心态驱使我重新阅读了《卡拉马佐夫兄弟》《复活》《包法利夫人》《盲刺客》和众多的中国当代小说。然后我发现，中国当代小说家基本上采用的都是传统的线型结构，陀思妥耶夫斯基、托尔斯泰和福楼拜也是如此，这样的结构最省事最稳妥；阿特伍德的小说结构最讲究，是所谓的俄罗斯套娃结构，可是过于复杂，不存在可借鉴性。

接下去我重读了福克纳的《八月之光》《我弥留之际》和《喧哗与骚动》。《我弥留之际》和《喧哗与骚动》都采用了复调结构。巴赫金在《陀思妥耶夫斯基诗学问题》中这样定义"复调"：有着众多的各自独立而不相互融合的声音和意识，由具有充分价值的不同声音组成。也就是说，小说中有两个或者两个以上的人物声音在并行发展，彼此间相互独立又互相补充，但是各个人物的声音组合起来又构成一部统一的作品，作品的主题也包孕其中。这种限制性视角的复调结构最考验的还是小说家的逻辑关系互补能力和强大的叙事能力（以第一人称叙事时，人物身份与人物语言必须紧密贴合）。

而《八月之光》的复调最复杂，它更接近于传统意义上的"主调结构"。主人公克里斯默斯的声音过于强盛，而其他声部譬如海托华、莉娜则过于纤弱，尤其是克里斯默斯和莉娜的人物设置简直有些奇特，作为小说中最重要的两个人物，从头到尾都没有打过照面，他们唯一的交叉点，就是布朗是莉娜曾经的爱人，布朗也是克里斯默斯曾经的朋友。即便如此，却并没有妨碍这两个声部相互映衬与相互对话。可以说，克里斯默斯跟海托华、莉娜的和声，共同谱写了关于黑人与白人、生与死、灵与肉、罪与罚、堕落与拯救的宏伟乐章。

思来想去，我最终采用了典型的复调结构。这部小说的主人公有四个，除了万樱和罗小军，还有天青和常云泽。我不知道他们参差不齐、唱腔各异的和声是否达到了和谐统一。

2018 年夏天，我在电脑上写下了小说的第一句。多年之前读过这样的话：长篇小说千万不能以对话开始。这话是谁说的，到底有何理论上的考证，一个从来没有写过长篇的人为何又牢牢记住了这句所谓的箴言，都已无从探究。作为一个生活中温和、写作时偏执的小说家，我这样写道：

> "姐，不冷，我。"天青笑着抻了抻那条丹桂色亚麻披肩，麻利地搭在郭姐的肩膀上。她看上去像一只正在放哨的非洲獴鼬。

8

我在县城生活了将近四十年。县城生活对于我的作用，类似于空气和水。而我作为蜉蝣在它波光潋滟的水面上爬行，耐心逡巡察看着他者的足迹和命运。

整个县城没有山地，一马平川。四季轮回中，人们不辞劳苦地种植着玉米和高粱、花生和大豆、稻米和小麦，因濒临海洋，这里也盛产螃蟹和皮皮虾、鲆鱼和鲅鱼、章鱼和乌贼。对于通常禁忌的食物，他们总是抱着一种无所谓的态度：他们既吃狗肉、驴肉、貉子肉，也吃青蚕、蝉和蚂蚱。我在写作时，常常不由自主写到各色各样的吃食。有位好友读完小说后，说我是个不折不扣的吃货，又特意问我，真的有虾皮萝卜馅的蒸饺？作为一个热情好客的小说家，我诚挚地邀请她来冀东小镇尝一尝小说中的各色吃食。

好吧，这里的人们，祖祖辈辈长居于此，他们面慈目朗，心胸坦荡，重情重义，有时也没心没肺。他们恪守祖辈的传统与德行，向往着体面富足的生活。也许，他们跟别的土地上供养的人们并无太大区别，但是，在一年一年的轮回中，我遇到过形形色色神奇的人物。他们的神奇并非体现在他们的壮举或骇人听闻的行为上，而是在于他们接受命运的方式，以及姿态各异的反抗命运的方式。我热爱这些或熟悉或陌生的面孔，我常常因为他们的痛苦而彻夜难眠。写出他们的甜蜜与痛苦，写出他们的欢笑和眼泪，写出他们对美妙生活的希冀和憧憬——这样的念头始终缠绕着我。

于是，樱桃的形象渐渐凸显出来：她沉默、安静，对人世间的磨难始终报以宽容、体谅和仁爱。正是因为宽容、体谅和仁爱，她比他者更自由，内心也更强悍——一无所有的人，从来都是笑着走路、吃饭和睡觉。在生活中我也遇到过来素芸这样的女性，她们以刁钻的方式爱着世界，尽管有时爱得狰狞爱得踉跄。在写作过程中，来素芸总是不屑地嘲笑我，怨我捆住了她的手脚。她可能不晓得，我对她抱有足够的热情和尊重，她敢作敢为的个性和貌似窝囊的樱桃形成了一种美学意义和人性风貌上的反差。而蒋明芳的理性、勇毅和自爱，也结合了我身边诸多女性的特点。我爱她们。我爱在夜路中奔走的她们。当然，更多人物是在叙述过程中自行蹦出来的，他们事先跟我没有任何交流，就穿戴齐整地从昏暗的角落闪身而出，让我不得不上下打量着他们，譬如郑艳霞，譬如刁一鹏。我知道他们其实和樱桃、罗小军一样重要。他们既暗若灰尘也灿若星辰。他们如此辽阔无垠如此混沌聪慧，似乎不断提醒着我：他们和暗物质一样，是这个宇宙真正的主角。

1

我发觉，写长篇小说时，小说家必须变成一部百科全书。他要懂得四季的风景是如何变换的，要懂得三月里最先开的花是什么花，鸟儿凌晨几点开始鸣叫；他还必须是一个美食家、博物学家、经济学家、八卦爱好者、情感探险者；他要洞悉所有人物的心理活动，至少，他有变成任何一个人物的冲动和想象力。有些知识，是书籍和网络搜寻不到的，这个时候，小说家又要变身成探险家、旅行家、骗子、流浪汉，甚至是被人嫌弃的窥视者。

为了知道海钓到底是怎么回事，除了采访专业钓友，我还曾跟朋友在海边堤坝上住过几晚，蜷缩于简易帐篷里，我老担心汹涌的海浪随时将我淹没，几乎一宿没敢闭眼，不过，当跃出海面的太阳将我唤醒时，壮丽的风景让我有口难言；为了知道如何"放鹰"，朋友专门开车带我到海边的盐碱地，当雏鹰将从未见过的野兔血淋淋地首尾对折时，我才知道动物的本能有多可怕；为了解金融知识，我把一位在银行工作的朋友折腾得不敢接我电话；为将经济案件的来龙去脉搞清楚，我跟朋友要来了律师准备的所有资料和法院判决书，一页一页琢磨研究……当一个人终于知道自己是个一无所知的笨蛋时，内心的绝望很快变成了原力，他隐约明白，世界的庞杂、富饶、神秘和吊诡，或许就是诱导人类不停向未知领域探索的根本动因……

我的手机里，至今还保存着八千多张花朵的照片。

5

在创作过程中，我与小说里的人物日日厮守，夜夜听他们窃窃私语。我不可避免地衰老，除了颈椎病、腰椎病、胃病，我的眼睛开始老花，由于焦虑与失眠，又患上了荨麻疹；而他们，他们不可避免地日趋茁壮，骨骼面貌日渐清晰，性格也趋于成形。他们时常肆无忌惮地闯入我的梦境。

在梦境中我忘了自己是谁，似乎跟他们一样，我也只是一部小说里的平常角色。我被心事重重地虚构，我被无限次修改，我被"我"安排着踏上让我生厌的疲惫旅程，可我无能为力。在跟他们打交道的过程中，作为念旧博爱之人，我不可避免地爱上了他们。这非常考验一个人理性与感性的分界线在哪里。作为天真且伤感的小说家，我极为恐惧出现惨烈之事，我担心某人死去时会对着电脑抽泣不已。我愿意把过年时发给朋友们的短信也发给他们，祝福他们吉祥如意，喜乐安康。可我毕竟是个偷听者、篡改他人命运者、搅局者、叹息者、书写者。我尊重人物发展的自身逻辑，也尊重小说的内部构建逻辑。有时候，我的确不是"我"——我只能让自己如此释怀。

在创作过程中，写到罗小军和刁一鹏去省城，终于发现了资金被盗取的事实时，我忽然崩溃了——后面的情节该如何处理？尽管多次采访过亲历者的家人，可他们的讲述跟我对案件的分析产生了歧义。在接下去的六个月里，我一个字都没写，当然也没闲着，无论是睡觉、吃饭、散步、开会还是跟别人聊天，这个问题一直纠缠着我，它仿佛是个死结。翌年春天来临时，我终于逼迫自己选择了无数种解释中的一种——无论如何，只要逻辑自洽就算说服了自我与读者。小说原本在《麒麟之海》那章结束，按照我的理解，开篇是出走者返回故乡，结尾时又一个出走者诞生，如此就形成了一种结构与精神上的闭环，圆的起点和圆的终点重合，圆才成其为圆。

2022 年 4 月，我完成了小说的初稿。2023 年 10 月，我修改完第三稿。小说在《收获》杂志发表时的名字叫《云落图》。我不太喜欢这个名字，后来在朋友们的建议下，打算出单行本时改为《云落》。我在小说的开篇，添加了一首杜撰的云落童谣：

云呀云呀落下来
变成雨　变成雪
变成涑河跟大海

云呀云呀落下来
变成猫　变成狗
变成倔驴跟鸡崽

云呀云呀落下来
变成花　变成草
变成老人和小孩

云呀云呀落下来

如今，小说中的人物各安其所。我与他们也在日渐疏远。这是个命中注定的结局。我尊重了他们的命运。一段面目模糊的旅程逐渐清晰的过程，就是旅行即将终结的过程。所有事物的终点，必将诞生新的起点。我内心祈祷着那些后来踏上这段旅程的阅读者，能够在词语和句子、风物与传统、人物和故事、沉沦与救赎、沉默与欢歌、尘埃与世界中，寻觅到独属于自己的命运与梦境。毕竟，庄周梦蝶，万物非我，万物皆我。

2024 年 1 月 15 日

文学如何认识和书写时代生活

　　托尔斯泰记录了属于自己的时代，当我们阅读《复活》《安娜·卡列尼娜》的时候，我们知道在19世纪，俄罗斯人各个阶层分别住什么样的房子，睡什么样的床，穿什么样的鞋子，谈什么样的恋爱，追求什么样的理想，苦恼什么样的生计，以及为了说不清的一切纠缠什么样的人生。而我们阅读福楼拜的《包法利夫人》时，我们了解了法国的乡村种什么样的树，腿断了如何医治，楼有几层，有什么谋生的行当，农业展览会在当时起什么样的作用，一个年轻男子为何要娶一个五十岁的老寡妇，高利贷是如何一点点把一个女人逼得服毒自尽。当我们了解了这一切，也就了解了艾玛为何会是艾玛，艾玛为何喜欢不靠谱的男人，艾玛为何自杀；了解了当时的法国乡镇是如何的乡镇，它与当时的巴黎有着如何的区别，换句话说，我们也不知不觉了解了法国的社会。所以，当文学作品在自己的逻辑范围内讲述自己的故事时，它已经讲出了关于时代的方方面面，或者时代的横切面、时代的症候与模糊的未来之路。同样，《红楼梦》与《金瓶梅》、"三言二拍"也为我们真实地勾勒了中国封建社会的城市与乡村图景，中国人性格的渐进、艰难缓慢的变化，在看清那个时代的同时，也看清了我们自己所处的时代的真实面目、我们自身的囹圄和我们展望的未来。文学在认识和书写庸俗的、灰暗的、明亮的、不可抗拒和不可撤销的生活时，不可避免地起到了记录时代、警醒后来者的作用。王国维曾说，凡一代有一代之文学。文学无论是观照现实还是重现历史，都天然与时代发生着或明显或隐蔽的联系，无论是虚构还是非虚构，文学都真切地表达着对时代直接或婉转的认知。

　　而文学书写时代生活的方式，毋庸置疑就是作家自身书写时代生活的方式。这种方式受书写者眼界、胸怀、情怀和阅历的影响。一个书写者如何才能挣脱自身所处时代的桎梏，用更高远、更睿智的方式去讲述天然属于时代的故事，几乎是一件不可能完成的任务。所以，作为一名写作者，能把自己时代的故事、事件甚至是新闻以文学兼艺术的方式展现出来，已经是一件艰难的任务。我崇拜那些为时代塑形、为人物"立传"、为普罗大众呼喊的作家。而这样的书写者，在他所属的时代里，也会是少数。

　　我在县城生活了将近四十年，对这里的一草一木、每一条街道和每一条河流、每一栋新起的楼房和每一家新开的店铺，我都会留意到，它们就像是我的亲人，一点一滴的变化都让我感受到时代的变迁和人情的冷暖。在这里，我也接触到各行各业的人，他们是我的朋友，他们从事着不同的职业、行业，有公路收费站站长，有烧烤店小老板，有养殖观赏鱼的场长，有镇上的团委书记，有开微信商店的商人，有清洁工，有房地产开发商，有理发店老板，有装修工程师……可以说，我的日常生活，就是跟这些朋友一起度过的，我熟悉他们的生活境遇、喜怒哀乐、悲欢离合。当我书写他们的故事时，我有种天然的自信。可是，难道这种天然的自信不应该值得怀疑吗？我真的能写出一个个立体的、有血有肉的人吗？我真的能在这种书写中，勾勒出他们灵魂的波动与曲线，呼喊出他们内心最隐秘的甜蜜与疼痛，从而建立自己对时代的认识和自己与时代的关系吗？这种地域上的"小"和"窄"，是否束缚了对人性与人心的体察和体恤？这个疑问纠缠了我很久，也让我在反观自己的写作中间接地反观了他人的写作。我发现，地域无论多小，人口无论多少，都不是最重要的问题，人在千百年的变化中，最基本的精神属性其实没有什么大的变化。我所熟悉所熟知的这些人，虽然都是普通人，但是都有着属于自己的内心世界和处世逻辑，套用福克纳的话讲，如果能将邮票大小的地方写透，能把这些貌似简单的"人"的荣誉、自尊、怜悯、公正、勇气与爱写出来，难道不是某种逻辑上的自我成全吗？这么简单的问题，我竟然想了很久才想明白，才有勇气继续自己的书写。

　　前段时间偶然读到一位老师的话，说的是，一个小说家或文学家，不管他写的是什么题材，是大题材还是小题材，是农村题材还是城市题材，是白领题材还是平民题材，我想当他有力地写出一个人的灵魂的时候，当他把这个灵魂摆在这里，把这个灵魂的复杂性带着疑问摆在这里，使其他人感受到震动的时候，也就是他和这个时代发生最密切的联系和共鸣的时候。我觉得他说得特别对。我期待自己能写出这样的灵魂。

终结与开端
——我的 2022 文学关键词

2022 年，也许注定是每个中国公民都不会轻易忘却的一年。这一年，我们踉踉跄跄，我们驻足观望，我们步履不停。如今，所有的迟疑、所有的痛楚貌似已终结，而更明朗的未来或许在黎明破晓时能让我们的眼神更坚毅一些，也更温柔一些。

这一年，我总算把自己的第一部长篇小说终结了。也只是终结而已，更艰巨的修缮遥遥无期。在五年的光阴里，我宛若一名懒散的建筑师，逼迫着自己断断续续修建着一座陌生之城，我常常因为缺少一根尺寸合适的房檩而停工数月，焦虑、自卑和越来越明显的麻木伴随着我的日常生活和无限延伸的梦境。我时常自嘲，为自己知识的浅薄、语言的匮乏、世界观的狭隘、故事的简陋和叙述的技术性障碍感到绝望，对于一个不自信的小说家而言，这简直是从未体验过的酷刑。这期间我硬着头皮重读了阿特伍德、托尔斯泰、格雷厄姆·格林和兰佩杜萨的一些小说。在阅读的过程中，我没有更加沮丧，而是获得了某种可疑的宁静。我安慰自己，也许把小说写得糟糕透顶也是一种了不起的本事呢。我时常想起舅舅说过的一句话：写长篇小说就像在大海里游泳，不用怕，游着游着，就游到了岸边……当然，在漫长的写作过程中，我也感受到了无与伦比的快慰，在与那些眉眼逐渐明朗起来的陌生人打交道的过程中，我彻底爱上了他们，并为他们的坦诚、善意、胆怯羞涩的爱感到自豪。"我的恨同我的爱一样卑鄙，"格雷厄姆在《恋情的终结》里说，"他的整个身体显得无名无姓……只是一个同我们自己一样的人。"这就够了。于我而言，她或许是个丑陋的女儿，这不重要，重要的是，我是她的父亲，她是和我一样的人。

终结通常也意味着新的开端，很多和我同年代的作家如是自律、勤奋，并始终对世界怀有一种更殷切的诉说欲望，我由衷地羡慕他们。他们在终结与开端的轮回中不断印证着属于他们的才华和创造力：付秀莹的《野望》、鲁敏的《金色河流》、朱文颖的《深海夜航》、乔叶的《宝水》、魏微的《烟霞里》、常芳的《河图》、李凤群的《月下》、葛亮的《燕食记》、李浩的《灶王爷传奇》、石一枫的《入魂枪》、阿乙的《未婚妻》、李师江的《黄金海岸》、路内的《关于告别的一切》——这一年，他们让阅读者集中领略了属于 70 年代作家的小说美学和对世界的开阔热望。

说实话，这真是很美好的事。我也盼望某天能像他们一样，在开端与终结的往复循环中，在痛苦和幸福的交叠缠绕中，寻到自己和这个世界联通的秘密方式。

我敬佩那些在深夜阅读
普鲁斯特和乔伊斯的读者

　　被朋友拉出去吃宵夜。这是个时常游离的人，点了一大堆羊肉串和涮牛肚，却仿佛厌食症患者般恹恹地、心不在焉地咀嚼着，似乎深夜美食都不能打动他的味蕾。我本不饿，只叫了杯白水，边喝边扭头看旁边那桌聚会的年轻人大声喧闹、打情骂俏、拥抱亲吻，室内犹如壁炉里的火。这几天一直下雨，一个季节被另外一个季节驱逐，终归是有些凉意。吃完后出来，仍密密麻麻落着小雨，我们低头默然走路，只听到鞋子踩到雨水落叶后咔哧咔哧的声响。闭眼竖耳倾听，冬天似乎就真来了。

　　在这条走了无数遍的小路夜行，灯昏黄寂寥，让我不禁想起《喧哗与骚动》里迪尔西的早晨。福克纳写道，这一天在萧瑟与寒冷中破晓了。一堵灰暗的光线组成的移动的墙从东北方向挨近过来，它没有稀释成为潮气，却像是分解成为尘埃似的细微、有毒的颗粒。当迪尔西打开小屋的门走出来时，这些颗粒像针似的横斜地射向她的皮肉，然后又往下沉淀，不像潮气，倒像是某种稀薄的、不太肯凝聚的油星。

本想好好地聊聊《喧哗与骚动》。我如此地喜欢这部小说。可是关于它，又能说些什么？无非陈词滥调。关于它的文论成千上万，露怯也是难免的。又想说说《八月之光》，这部每年夏天都要细读一遍的小说，闻起来满是陈年老屋里灰尘的不祥之气：危险、呛人、黯然。然而屋子里坐一宿，你就会被它绵长、粗粝、绝望的气味熏得迷失起来。这部小说里的两个主人公，克里斯默斯和莉娜，自始至终也未能见上一面。当然，他们能否见面一点都不重要，相对于《野棕榈》来讲，他们好歹还有一个中间人布朗。我偏狭地认为，对于人物精神世界的梳理与塑形，也许只有陀思妥耶夫斯基能与福克纳相媲美。除了克里斯默斯，我最感兴趣的人物不是莉娜，而是海托华。这个被废黜的长老会派教会牧师，简直就是每个时代里即将被抛弃，又时刻骄傲地抬起头颅的那群人的坚硬缩影。他们有自己的信仰与尊严，他们从来都不怕被抛弃。也许，到了最后，我们每个人都是海托华，坐在黑屋子里回忆往事，并对时代抱着某种不愿提及的嘲讽。

相对于《八月之光》，《我弥留之际》显得有些杂乱，但并不散乱。十五个人物叙述的五十九个片段，构建了类似于《奥德修记》的一次乡村历险。英国批评家迈克尔·米尔盖特认为，"本德仑"（Bundr-en）这个姓与约翰·班扬《天路历程》中基督徒身上的负担（burden）有一定关联。本德仑一家人进行的是一次具有冷嘲意味的朝圣者的历程，框架上与《天路历程》也很是接近。加缪也说："梅尔维尔之后，还没有一个美国作家像福克纳那样写到受苦。"不管怎样，这部小说肯定是福克纳最好的长篇之一。这种多角度叙事（叙事者的身份多到令人头疼，需要时不时地翻看人物表），在帕慕克《我的名字叫红》里得到了更为癫狂的张扬。毫无疑问，福克纳是现代小说的结构大师，他擅长使用复调结构和对照型结构，同时对电影中的蒙太奇手法在结构上也有变相的运用。后来者没有谁不从他这里学一招两式的。言说福克纳很危险，我的确没有这个胆量。

其实，想聊一聊的书还有很多。

比如《包法利夫人》。尽管这本书写于一百五十多年前，但至今仍让我们唏嘘不已。"包法利夫人"这种精神类型的女人，现在依然随处可见。一百多年过去，这个世界上照样有无数的包法利夫人在诞生、在成长、在绝望中毁灭。用纳博科夫的话讲，"世间从未有过爱玛·包法利这个女人，小说《包法利夫人》却将万古流芳。一本书的生命远远超过一个女子的寿命"。跟无数的朋友推荐过这本小说。它看上去相当古老无趣，只是讲了一个女人的婚外恋故事，要多俗有多俗，可我觉得只要读懂了艾玛，就读懂了女人很重要的一部分。这样说肯定有些武断，不过我也不介意得罪艾玛这个类型的人，反正她们总是温柔的、童真的，即便是欲望，也沾带了童话的味道。在小说技法上，《包法利夫人》更是一种标准。20世纪60年代兴起的法国"新小说"作家和理论家都视福楼拜为先驱。略萨在他那部专门研究福楼拜的专著《无休止的纵欲》中认为，福楼拜的写作"形式从来未与生活分离，形式是生活最好的维护者"。

没错，在全知全能的叙述者时代，福楼拜已经采用了类似电影的剪辑手法，近景远景的替换增加了文本的层次性，按纳博科夫的说法，对话更是多声部配合，形成交响乐的效果。我当初的想法是从风物说开去。关于永镇的风物描写，已经跳脱开人物独立存在。这像是一种笨拙的魔法，道具已经不再是单纯的道具，而具有了跟"人物"或"主角"一样的身份和地位，它已经彻底孤立于它从属的那个整体。在关于"物"的哲学意义上，"新小说"无疑做了更具说服力的尝试和拓展。当代中国小说里很少有"物"的存在和重量。但我在格非的小说《隐身衣》里似乎隐约找到了与之相关的变形展现——关于音响的描摹和叙述。"音响"作为"物质"，像石头一样矗立在文本里，它对情节发展并没有起决定性的推动作用，而且并没有作为一种小说的技术手段转化为"象征"和

"隐喻"。这样的"物"的安排是妥帖的，它没有成为危险的累赘或惯用的手段。

比如《呼兰河传》。关于萧红，我自己有很大误解。每次听闻人家拿张爱玲与萧红比较，都觉得是对张爱玲的一种贬低。在我印象中，萧红和丁玲一样，是靠绯闻立足文学史的女人。也曾经尝试去体会揣摩，屡屡心无所得。然而在此深秋，我再次逼迫自己去接纳她。或许跟年龄有关，这次我被《呼兰河传》深深打动（犹如几年前读契诃夫读到泪流）。这感动因为掺杂了某种先天性的歧视和冷漠，因而于我而言，显得更为诚挚。

我发现，《呼兰河传》并非简单的抒情诗、地方风情画和歌谣。萧红小说风格最重要的品质，在于悲伤的幽默。这种幽默使她建立了属于自己的成熟的小说文本形式。她善于充分呈现东北乡村的日常生活图景，直到这个"图景"实现它的全部戏剧性——这种戏剧性不仅是小说的内在逻辑，更是小说的叙事动力。可以说，萧红是一位令人敬佩的文体家。我还发现，萧红的小说跟师陀的小说有很多共通之处，以《呼兰河传》和《果园城记》为例，都是类似于舍伍德·安德森《小镇畸人》的散点式结构，都是构建一个封闭愚昧的独立世界，都是平视的叙述者视角，没有过于冷静的俯瞰，也没有过于煽情的仰视。他们骨子里是真正热爱他们的呼兰河城和果园城，而且在对生与死的终极问题上，都有着中国乡村式的幽默豁达。可以说，萧红小说里的温度让我体味到土地的宽广和仁义，而张爱玲，则是精致的冷漠和厌倦，让我对人性报以某种必要的冷眼。当然，从文学意义上讲，哪种品质更为可贵，实在是没有衡量的标准。

还比如托尔斯泰的《安娜·卡列尼娜》和《复活》、陀思妥耶夫斯基的《卡拉马佐夫兄弟》、格雷厄姆·格林的《权力与荣耀》、远藤周作的《沉默》、珍妮弗·伊根的《恶棍来访》、帕特里夏·海史密斯的《天才雷普利》、西格弗里德·伦茨的《德语课》、萨曼·拉什迪的《午夜之子》、加西亚·马尔克斯的《一桩事先张扬的杀人事件》、帕斯捷尔纳克的《安全保护证》、约瑟夫·康拉德的《黑暗的心》、三岛由纪夫的《春雪》、伊斯梅尔·卡达莱的《亡军的将领》、孔飞力的《叫魂》、威廉·特雷弗的《山区光棍》、林耀华的《金翼——一个中国家族的史记》，等等等等，诸如此类。想要推荐的书可能仅仅比我们肉眼看到的星星要少些。这些伟大的作品矗立在那里，除了让我们敬仰，更让我们敬畏，让我们在它们的光辉下畏手畏脚、笨手笨脚地写出属于我们自己的文字。这到底是一件好事，抑或是一件坏事？说不清。

记得毛姆叔叔在谈及侦探小说的兴衰史时，曾不乏揶揄地说，我真是敬佩那些在深夜里阅读普鲁斯特和乔伊斯的读者（大意如此吧）。他的话放到如今的中国似乎更为恰宜。感谢那些随手翻阅我文字的人。你们让我觉得即便是面对魁伟的山峰，平地也委实没有必要羞愧。

外面落着雨，野鸽子咕咕叫着，雨中还传来奔跑的人们的笑声。尤在深夜，这笑声似乎更为空荡热烈。我觉得还是《我弥留之际》里的塔尔说得好。作为一个农民，他比谁都更清楚：

"反正，我们过我们的日子并且做出欢喜的样子，这总不会错吧。"

我依然贪恋着那些未知的文字
和由它们建造起来的城堡

《七根孔雀羽毛》写于 2000 年，距离今天已经七年了。我至今还能想起来，当我让李浩宇说出"细菌"理论时忐忑的心境——我怕读者猜到其实这是一个重要伏笔；当我让李浩宇去监狱探望宗建明，让狱警将真相说出时，内心是种按捺不住的小得意——我终于把它以自己的方式内敛地完成了。我还记得当时对基督徒并不了解，一个朋友热心地将他的同事——一个年轻但并不狂热的信仰者介绍给我，并吃了几顿便饭。好吧，这些七年前的旧事，我仍记得这么真切，说实话，我如今的记忆力时常让自己心虚和焦虑，相对于金鱼的七秒钟记忆，我的记忆尚好，只不过时常老友的名字塞在嘴边，无论如何都想不起，那种对已知的失控让我对生命的衰老不得不产生敬意。

《七根孔雀羽毛》是我自己喜欢的小说，那时年轻气盛，可我并没有使用繁复的结构和花哨的语言来建构它，这让我很是庆幸。如果说它适宜地表达了我对当代中国飞速城镇化、过度娱乐化和全民物质化的一些看法和并不激烈的批判，那么我必须要承认当时的我并不幼稚，可也并不客观得深刻。对于天生的感性主义者而言，任何的理性都更像是一种反讽。有时候我极度鄙视自己，为何不潜心研究下社会学、哲学、美学、宗教甚至是天文、物理学，已经行了万里路，为何就不能读万卷书？我想这种自我扬弃的痛恨在某种程度上代表了一批感性的文学爱好者的原罪。书也会买，不过是摆在案头几载，随手翻翻而已。

这种所谓"随手"往往还只是出于自我怜悯式的愧疚。我当时迫切地希望自己思想成熟，能够对如是庞大的垃圾场给出自己的分类和命名，现在反观，也只是一种农夫对天空的想象吧？

问题是永不枯竭的，只要存在着答案就会存在着问题，犹如只要存在着真相，就始终会有不怕死的人去揭露谎言。

那么，爱情有真相吗？或者说，当代中国还存在那些传说中的爱情吗？那些涉世未深的孩子是否会如多年前的热血青年般，站在宇宙中心呼喊爱？《风中事》确实是篇与爱情相关的世相小说。我写它的初衷很简单，就是想用油画般的方式去逼近真实，尽可能地逼近真实。这是种可笑的想法，但我真去这么做的时候，它就不再是个笑话，而是一个实实在在的陷阱——如何才能将那些琐碎的日常生活图景拼贴到一起而让它产生意义？如何让前后不粘连的事件之间诞生某种神秘的契合度？如何真实地把握一个男人内心隐秘的欲望与退缩？这些都是我当时写作《风中事》的苦恼之处。在写到一半时我企图放弃，我觉得里面的人物都不可爱——如果连作者都觉得人物面目可憎，真的有必要终结它吗？当我将小说的最后一段写完时，我安慰自己，终于不用再看它一眼了。让我意外的是，喜欢这篇小说的读者不少，经常有陌生人在微博上私信，问关于段锦的下落与真相。我不知道该如何回答这些执着的读者。

从《七根孔雀羽毛》到《风中事》，隔了五年的时光。这五年里，世界上发生了太多让人难忘、让人愤怒跟让人偶然欣喜的事情，我在世界嘈杂的呼吸声中，尽量地保持着一种对人性的信任。这五年里，一个中年人身体如何变得衰弱、灵魂如何变得坚硬，真值得细细琢磨。唯一不遗憾的就是，我依然贪恋着那些未知的文字和由它们建造起来的城堡。

2007 年

县城的姿态

——关于《云落》的闲谈

为什么要写一部关于县城的小说呢？或者说，《云落》为什么要以县城为叙事背景呢？很多朋友看完《云落》后，忍不住问我。

这是个很简单的问题，有时候却让我茫然无措，不知如何回答。

没错，县城是我最熟悉的地方。无论一名小说家是懒惰还是勤奋，当他想要跟生活对话时，首选肯定是他最熟悉的场域。这个场域于我而言，无疑就是县城。

县城是城市和乡村的结合体，也是工业文明和农耕文明的交叉地。它的变革历史，其实就是整个时代发展的缩影。没错，县城从面相上看，越来越具有都市气象，实际上呢，人们的精神症候仍然没有得到实际性解决。虽然商业逻辑制约着居民行为，各种时代潮流，譬如经商热、房地产热、钢铁热、集资热、民营企业崛起都对应着时代发展的节点，人们的处事原则和惯性行为更是受到冲击和刷洗，可是，朴素的人际关系和传统的社会伦理仍然起着重要的弥合作用。这种人际关系和家族伦理随着独生子女越来越主动的话语权，呈现出一种必然的颓势。老一代人在怀念蓬勃明亮的理想主义年代，年轻人却天然地缺少一种野蛮的生命力。无论老幼，无论场合，人人都在刷抖音、快手和小红书，优质信息和垃圾信息以同样的速度传播蔓延，颈椎病和干眼症成为最流行的病症。可以说，县城里的人和城市里的人一样，越来越"非我"，越来越主动或被动地沉浸于毫不相干的"他人"的碎片化表演生活中——尽管这种表演生活大多数没有意义。还有就是，人越来越容易被信息茧房束缚桎梏。这种现象直接导致了人们不自觉地忽视或排斥不同或相反的信息，从而形成可怕的思维定式和心理惯性，限制了批判性思维和多元化思考的能力。

时代特性在这座叫作"云落"的县城有着这样或那样的投射。比如，万永胜的发家史紧跟时代的节拍，他从粮食局下岗后，跑运输，开医院，做房地产，每一步都是靠着双脚踏踏实实走出来的；罗小军的白手起家，反映了乡镇企业家的智慧和坚忍，而他后来涉及的非法"集资"事件，则映射出乡镇企业家的局限性和功利性；经营窗帘店的来素芸，是手工业者在改革潮流中如鱼得水、自立自强的代表……我创作时没有刻意去想时代的问题。人都是社会属性的人，随着小说里各色人物路径的行进，一些戏剧性事件自然而然地发生了，时代性也就自然而然地衍生出来了。

在乡镇城市化进程中，痛苦、探索和希望并存。在这种背景下，县城仍是一个典型的人情社会。面积小，人口少，人际关系网自然而然编织得繁密茂盛，仍保留着农耕文明时期家族谱系的一些特征。比如说，郑艳霞带万樱去看医生，首先想到的是她表兄在那里坐诊；蒋明芳出了事，万樱首先想到的是托人找关系，连最基层的"大老黑"也被她盘问一番；蒋明芳安然无恙后，想到的是把帮衬过她的亲朋好友聚集一起，吃顿便饭以示谢意，这种饭局对县城的普通人来讲，是一种增进情意的纽带；要和万樱离婚的华万春成为植物人后，万樱并没有置之不理，而是细心呵护；常云泽结婚那天，蒋明芳、来素芸和万樱都去帮忙，不仅她们去了，连饭店的洗碗工小琴和郑艳霞也要早早候着，接朋待友，端盘洗碗，盛宴终结，还要捶着腰眼拾掇残羹冷炙……这种有血缘或脱离血缘的亲密关系在城市已经很难找寻，在县城里则依然纵横交错热气腾腾，抚慰着人心，家庭与家庭之间还保持着最原始的关系，互助互爱，互帮互衬。我觉得，这种朴素的人际关系和民间伦理在当下尤为珍贵。

《云落》是部关于县城的世情小说，里面都是普通的小人物。小人物自有小人物的光泽。他们在这座叫"云落"的县城里呆坐、行走或狂奔，他们在这座叫"云落"的县城里走神、哭泣或欢笑。无论他们的故事是哀伤的，还是幸福的，毫无疑问，都是时代褶皱里最真实、最朴素、最原生态的人生风景。

只要你不醒来，梦境仍会延续

——小说的现状与未来

小说的现状与未来，是一个庞大难言的话题，我仅从个人的阅读经验和有限的思考来谈一点浅薄的感想。

不妨先从代际角度来谈一谈现阶段各个年龄段的小说家的整体创作趋势和特点。当然，在我看来，小说家大概只能有三种：好作家、平庸的作家和坏作家；或者分为两种：经典作家和被遗忘的作家（已经被遗忘或即将被遗忘）。当我们讨论曹雪芹、托尔斯泰、陀思妥耶夫斯基、卡夫卡、鲁迅、福克纳、马尔克斯、尤瑟纳尔、帕慕克、阿特伍德的时候，我们首先讨论的是他们的作品，而不是他们出生于 19 世纪 30 年代还是 20 世纪 40 年代。不过，我可以理解并潜意识里接受代际划分这种说法，是因为这种划分标准蕴含着微妙的科学性和武断的犹疑：在这个经济、科学、文化比历史上任何一个阶段都快速发展裂变的时代，十年或许能够体现出一个时代横切面的纹理和特性，这在中国作家的身上可能体现得尤为明显。

50 年代出生的作家，他们身上有一种蓬勃到近乎爆破的诉说欲望，我们很难辨析他们的荷尔蒙是自然的荷尔蒙还是复制的荷尔蒙。他们经历了中国历史发展进程中最艰难也最变化多端的年代，在他们身上，我们往往能窥探出他们对历史的反思与考量，这在他们的长篇创作中表现得甚为明显，他们对历史纵深处旋涡的关注超过了他们对小说自身技术的关注。在他们的创作中，我们能明晰地感受到他们对家国、对自身历史位置错位的追问和疑惑，也能感受到他们沉滞的痛苦，由此诞生的作品厚重感往往能打动读者。60 年代出生的作家，千禧年之前在文本上有着更明确的追求。他们在解构历史的同时，总是秉承着怀疑主义的理念。同时他们对乡土与城市、历史的谎言与真相、人性的多义性等主题有着更执着的偏爱，他们倡导实践的先锋文学改变了原有小说的叙述腔调和叙事结构，给读者带来了陌生的阅读体验和疑惑，也给之后的写作者启蒙开智。小说家开始从不同的角度去理解和反思现实，运用复调、多声部、开放式的叙事策略，拓展小说发展的可能性。无论是长篇还是短篇，这两代人存在着一个普遍共性，那就是大部分小说家在小说的表现形式上并没有继续进行探索，也许在他们看来，内容大于形式，言说大于眼神，真实可见的世界大于梦境，而陆地，远比海洋更重要。

从继承关系上讲，我个人认为，70 年代出生的小说家或许可以称之为 50、60 年代作家的遗腹子。千禧年前后，当"50 后""60 后"作家创作方式开始转向时，"70 后"作家才开始写作。他们在写作初期基本上都受过先锋文学的洗礼，早期作品普遍带有先锋印记。另外，这代作家似乎对宏大历史叙事普遍缺乏热忱与好奇，而是更为关注普通人的日常生活，对普通人在时代褶皱里的困境、挣扎、微弱的呐喊和命运，对幸福的追逐有着共性的描摹和文学层面的表达。这代人对乡土叙事和城镇叙事的偏爱，与他们的时代也存在着微妙的内在逻辑。"80 后"作家的作品，已经很少看到乡土叙述和城镇叙述。他们对城市文学有着一种本能的亲近。在他们的表达中，我们能看到历史进程中的微小差异造成的文学口味的偏爱。而且他们与前几代作家相比较，基本上都受过良好的大学教育，从写作初期开始，就具备了基本的小说叙述素养和经典阅读熏陶，与大部分野生野长的 70 年代作家相比，他们有着先天的技术优势。

这是我对当下小说创作整体性的一点肤浅认知。而当下小说创作中存在的问题，我觉得主持人总结得极为精准：

1. 小说作为一种讲故事的艺术形式，在今天受到了现代传媒手段的严峻挑战。小说作为一种表达意见和观念的言说方式，在当今爆炸性的言论空间背景中，其重要性也已显著降低。

2. 小说作为一种特殊的技艺和美学形式，其自身的发展和演变也呈现出诸多令人担忧的问题。

3. 由于我们过分重视小说的可读性、可流通性和所谓的市场份额，对时尚和消费主义的臣服，也最终使小说语言失去激发读者想象的力量，并剥夺了读者从心底里与作者保持秘密认同的喜悦。

上述问题是不争的事实。如果我们将所有问题的根源归咎于时代的变迁和娱乐主义的盛行，似乎过于投机主义。王尧在《新小说革命的必要与可能》中说，80 年代"小说革命"以及其他文学样式的革命性变化完成了从"写什么"到"怎么写"的转换，这其中包括了"形式也是内容""文学不仅是人学也是语言学"等新知。而 90 年代以后小说写作的历史则表明，"写什么"固然是一个问题，但"怎么写"并没有真正由形式成为内容。我个人认为，"怎么写"和"写什么"同样重要，同 20 世纪八九十年代的作家相比，当下作家确实更注重"写什么"（即便是囿于"写什么"，可能也没有真正写出什么），而对

"怎么写"，大多数作家还是相对疏忽，或说是绝对懒惰的。从另外一个角度讲，现代和后现代小说、先锋小说已经普及了小说技法和小说技术，很多小说家还是惯性写作，更深层面的原因，可能是考虑到读者的接受度，即"我们过分重视小说的可读性、可流通性和所谓的市场份额，对时尚和消费主义的臣服"。中国的学生，从小学到大学，基本上没有完整的文学教育和美学教育。尼尔·波兹曼在《娱乐至死》一书中说过："奥威尔忧虑的是信息被剥夺，赫胥黎则唯恐汪洋大海般的信息泛滥成灾，人在其中日益被动和自满……奥威尔认为文化将被打压，赫胥黎则展望文化将因充满感官刺激、欲望和无规则游戏而庸俗化……奥威尔担忧我们将被我们痛恨的东西摧毁，赫胥黎则认为我们终将毁于被我们热爱的事物。"现在看来，赫胥黎的预言在网络时代成真了。大家都喜欢快餐化、程式化、感官刺激强烈、无须思考的小说。严肃文学作家在创作时，多多少少会考虑到读者的接受程度。很少有人敢像乔伊斯或托马斯·品钦那样写作。这确实在更深层面，剥夺了读者对小说家保持秘密认同的喜悦的权利。

另外一方面，尽管小说的影响力日渐式微，阅读传统小说的人数呈指数级下降，小说家们普遍变得懒惰，可仍有一些有理想的小说家在坚持小说的美学传统并试图在天花板之上发掘更多的房间（或空间）。

一些作品在小说结构、小说世界观等方面均做了拓展和延宕，对长篇小说内部肌理进行了适度的调整和重建，有一种理性的异质性。当然，当代长篇小说更多的还是巴尔扎克式的传统小说。相对于长篇小说，短篇小说似乎在表达上更富有活力与激情，尤其是年轻一代的作家，他们大都受过良好的文学教育和文学训练，个人表达和诉求方面都呈现出一种张扬的个性，他们的小说既有丰富的个性化表达，又有着对世界相对独立的思辨。所以我觉得当下小说创作整体上看上去还算斑斓多义，当然，还是不能跟 20 世纪八九十年代比较。毕竟，那个时代发现和开掘了文学的新大陆。一切都是新的，一切都在被重新定义，理想主义还拥有众多拥趸。

在新传媒时代，传媒技术对文学起着什么样的作用？一方面，电视、网络等新媒体对文学经典的传播作用不容轻觑。改编自文学经典的影视收视率对图书销量可以说有着直接影响，同时，一些推介图书的读书栏目也间接影响着书籍的影响力。比如，豆瓣读书栏目、京东和当当图书排行榜以及读者口碑形成的传播范围，让我们惊讶于新型推介方式的巨大影响力。微信公众号的兴起也促进了文学作品的传播和阅读。比如著名文学刊物《收获》杂志的微信公众号，订阅人数达数十万人；公众号"为你读诗"，阅读量惊人。你以为这是一个没有人再阅读诗歌的国度，可你会发现，很多人跟你一样，心里一直栖息着"诗与远方"。可以说，新媒体通过其影响力、权威性和公信力，有效地、微妙地引导着民众阅读，并且将一小部分审美趣味和审美层次相同的人，以手机阅读的方式聚集到一起。

另外一方面，新传媒时代，阅读与创作的功利化、浅俗化、娱乐化也是不争的事实。本雅明在《讲故事的人》中，曾担心讲故事的人会消亡。而在网络时代，每个人都成了会讲故事的人。只要你会写字，似乎就意味着你会写小说。

文学与新媒体技术的关系极其复杂，可归根到底，问题的症结并不在于二者。我个人认为，只有对公民进行有效的、长期的美学素质义务教育和经典文学阅读指引，才是祛除阅读粗鄙化、纯娱乐化的根本。只有对公民进行了有效的阅读教育，才会让公民分辨出什么是钻石。这时，新传媒技术也仅仅变成了技术而已，无论它如何变化，它只会对文学的传播、阅读与创作起到促进作用。

最后，我想说，文学发展有它自己的规律和特点。我对那种"文学已死"或"中国没有好小说"的说辞一直抱有一种怀疑的态度。那些一心一意在小说之路上探索和行走的手艺人，发出了怎样的光亮和热度，吟唱出了如何美妙的歌声，大部分人可能并不知晓。而这个时代，确实具有诸多不确定性，我们身处其间，随时能感受到巨大的气流和风云，譬如战争，譬如瘟疫，譬如恶人恶事或部分美德的沦丧。但是我一直坚信，有些东西是不会变的，比如对美的仰望，对善良、公正、勇敢、担当这些美好人性的信仰，对社会正义的诉求，对弱小者的同情心，对真理的好奇与求证——无论时间如何白驹过隙，这些照亮我们瞳孔和心灵的东西，会指引着我们踉跄前行。

小说家该做的，或许就是按照自己对小说美学的理解继续书写有意义或没有意义的小说。如果哪天，小说的最后一个读者死掉了，也没什么大不了。宇宙尚且不能永恒，何况一门仅仅诞生了几百年的文字美学？

（本文系作者在清华大学创作与研究中心举办的"小说的现状与未来"文学论坛上的发言）

小说家的青春期在哪里，
小说的根就在哪里

张楚，河北文坛"河北四侠"之一。从 2001 年起，在《收获》《人民文学》《当代》《天涯》等杂志发表小说五十余万字。短篇小说《良宵》获第六届鲁迅文学奖。

走走：这些年，你写了大量中篇小说，你在《收获》的责编王继军曾经半开玩笑地说，你的小说非常"收获 style"。我的理解是：平凡日常有其传奇；可读性强的同时可堪再三回味；残酷之中蕴含温暖真情；对人性深处有所抵达。你自己最满意的小说是哪一篇呢？

张楚：谢谢走走的赞美。我也很难分清自己最满意的小说是哪一篇。以前挺喜欢《曲别针》，但是现在读起来，又觉得它太疯狂太黏稠，好像一个演员一跳到舞台上就癫狂起来，缺乏一种技术和表演上的节制。后来觉得《刹那记》也不错，记得当年施战军老师说这部作品是可以留下来的，让我很是小小得意了一番。我的朋友王凯说它像一树繁花。但是对于一个中篇来讲，它故事性不强，倒像是从一部长篇里节选出来的。我觉得它很像出自南斯拉夫某位导演的电影。再后来是《七根孔雀羽毛》，这篇小说的问题在于太过轻巧，也许我可以用举重若轻的理论来阐释，但如果当初写它时，更狂野或者更坠重些，也许它的面容会更清晰。最近的一篇《野象小姐》，我觉得叙述腔调还是有些男性化，如果更绵软更碎片化，表达效果会不会更好？每部作品都是有缺憾的，当然，这种缺憾我们可以用各种理论去解释。你看，很有意思，一个作家即便是对自己写出来的小说，审美趣味也一直在不知不觉地嬗变。在某段时间内，他喜欢的物品、书籍、音乐、电影、朋友、酒、香烟的类型都有种固定的同质性，然后，随着时光的浸染和潜移默化，他的审美会有微调和自省。也许，时光将一个人塑造成什么样子，他就会有与之呼应的口味和迷恋。但是时光这种东西又很粗粝，作为一位作家，我觉得必须在它浑浊的呼吸声和暴戾的行动中，小心翼翼地保护自己内心最柔软的部分。如果这一部分受到了伤害，写作者的灵魂可能就会逐渐枯竭，他对这个世界的爱就会变得不真诚、不深情。而油滑和过于投机主义的世故，无疑会伤害作品的骨髓。

走走：中篇《夏朗的望远镜》处理得非常压抑，

诚如你的创作谈所言，这是"一个关于精神压制和反抗的故事……让一个初婚的小男人蜷缩在岳丈的精神钳制中"。为了某种程度给予这个小男人一点安慰，你让小说中出现了一架专业级别的望远镜，并由这架望远镜带出一个疑似外星来的女人。但这种精神突围的渴求随着岳丈将它第二次放进厕所的壁橱，其实是凋零了。这篇小说让我看到你的某种善良，小说原本可以压抑到底，但你让那位岳丈颅腔内大面积出血，让夏朗有机会再次观测星云。对人物所受的精神折磨而言，这一笔其实是有些甜了，透气的裂口不是由内而外，而是作者人为撕开的，在深度上有些损失……

张楚： 有时候，事件的轨迹总是以一种我们完全想象不到的逻辑在运行。但是一位作家的作品会有如何的造型和姿态，是他潜意识里各种教育（文学、美学、哲学、社会学）综合发生化学反应的结果。这种结果，毋庸置疑有明晰的逻辑性。当初构思这篇小说，我已经安排了岳丈的结局。在我看来，让他最后变成一个不能言语的人，不是因为出于对夏朗的怜悯，而是出于对岳丈的怜悯——还有什么样的结局比让一个焦虑症患者、一个完美主义者、一个专制主义者生活在混沌世界、无声世界更仁慈呢？让他坐在轮椅上，让他不再规划别人的生活，让他在这个让人厌倦的世界里保持着沉默，也是一种小说逻辑。我年轻的时候读《包法利夫人》，每次读到包法利死去都会很难受，相对于艾玛的死亡，包法利的死更让我难过。但是现在读《包法利夫人》，觉得他那么窝窝囊囊地死掉，可能是福楼拜对他最大的仁慈了，呵呵。

当时写《夏朗的望远镜》的经历很痛苦，我特别想把它早早地终结。发表后也没重读过，我记得当时编辑小甫也不喜欢，说怎么这样啰唆。很多年过去，碰到一些读书的朋友，提到它的却很多，而且大都是中年朋友。也许，这篇小说暗合了一些我们内心深处和青灰色生活的微妙罅隙。当然，让岳丈继续生龙活虎地审视着夏朗，可能会更具寓言性。

走走：你的大量中短篇，写的是日常，日常中的烦琐、卑微、丑陋、绝望。我以为那些动人的张楚式的细节，是那些景色描写。《刹那记》里，樱桃被轮奸后去临县的医院，"后来樱桃挑了临窗的位子坐了。等安置妥当，樱桃向窗外看去，她这才倏地发觉，柳树枝条全绿了，不时伸进窗户里掸着她的脸颊，那几株向阳的，已嫩嫩地顶了苞芽，随时都会被春风吹破的样子。路过大片盐碱地时，樱桃还看到了大丛大丛的蒲公英，她倒从来没见过这么多蒲公英一齐怒放，锯齿叶片在阳光下泛着绿色光芒"。《大象》你说过，是献给你得了再生障碍性贫血去世的妹妹的。小说中的女孩孙明净去世后，父亲打算喝敌敌畏自杀，自杀前打算谢谢那些捐过款的陌生人，从名单里挑了四位，和妻子去送些土特产。那么一个悲凉的故事，里

139

自言自语

面的景色描写却充满希望："……她并未起身，而是不声不响盯着畦垄上的一簇蒲公英。蒲公英的锯形齿粘爬着蚜虫，细长秆顶着层层叠叠的花瓣，花瓣里栖着细腰马蜂。艾绿珠努了努嘴，半晌才喃喃问道，孙志刚，孙志刚，难道……立春了?"因了这些高贵美好的心灵才能看见的纯然景物，这些生活在小城社会的边缘人和弱势群体的日常生活，始于形而下，终于形而上。这是不是你说过的"日常生活中的诗性"？诗性是一种哀而不伤？

张楚：谢谢走走，你看得这么仔细让我特别感动。我学习写作初期，作品出现这些景物其实是没有意识的，后来倒是有意识地去描写。我在农村长大，家里养着猪，七八岁要去玉米地里挑菜，蒲公英、荠菜、紫云英、车前子、秃萝卜丁、野艾蒿、灰灰菜、马齿苋这些都是常见的野菜，见到一株茂盛高大的，内心会狂喜。长大后爷爷养了头驴，特别能吃，暑假时我要跟着亲爱的老叔背着塑料袋去割草，草的种类就更多，要割满满两麻袋才能让驴吃饱。可以说，乡村生活让我对庄稼、对植物、对飞来飞去的昆虫有种天然的怀想。写小说时，只要一写到春天，就忍不住把它们的名字罗列出来，写得最多的可能是蒲公英和细腰金马蜂。真的，一想到它们的模样，我的心里就格外温暖。

其实当代作家在小说里，尤其是短篇和中篇里，很少写风物，大家都认为是在浪费笔墨，而且是种很古旧的写作手法，似乎只有在 19 世纪的经典作品里出现，风物才算是风物。有一次听李敬泽先生讲课，他说现在的作家一上来就急吼吼叙述，完全忘记了世界是由人和物组成的。大致意思如此。我以前也曾自问，风物真的属于奢侈品或者展览品吗？其实对风物的描摹，看似一种闲笔，但正是这样的闲笔，让小说有点游离和走神，反倒可能诞生出意外的诗性，也就是你说的"日常生活中的诗性"吧。对我而言，这种诗性天生有着阳光和植物的味道，所以我认为，它应该是哀而不伤。

走走：你的小说中总有一件具象的物品承担美丽、神秘、脆弱、孤独的抽象隐喻，而且它们往往还是小说题目，比如《曲别针》《草莓冰山》《七根孔雀羽毛》《夏朗的望远镜》《大象》《伊丽莎白的礼帽》《野薄荷》以及《梵高的火柴》（其实应该是火柴盒）……这些物品以物象符号的方式安静地存在着，在它们周围却游荡着一种不安的情绪。你能不能详细讲讲，它们都具有什么样的隐喻意义呢？你使用它们，是希望给予小说主人公什么样的精神塑形？

张楚：以前也有朋友问我这个问题。这些意象其实在我写作时只是一种潜意识。比如《曲别针》里的曲别针，有朋友说它隐喻了男主人公精神世界的扭曲。其实我写时并没有这种意识，这只是一种个人的小嗜好，就像有人喜欢不停摆弄打火机一样。人私底下的一些细微的小习惯、小毛病、特殊喜好，都是他内心世界的真实镜像。《七根孔雀羽毛》里的孔雀羽毛，也许没有任何意义，但却是主人公最温暖、最隐秘的东西。人有时就需要一些没有意义的东西，它安静地存在着，跟我们所处的这个庞杂混乱的世界形成一种美学意义上的反差。当然，也可以说它是精神世界对诗意的一种向往和梳理。不过从精神分析角度来看，这些"意象"确实有助于揭示人物内心和小说主旨。可我写作时更多时候是"无意识的有意识"。后来继军兄跟我说，"意象"在我的小说中运用得太多。我很警惕，最近的作品中就很少涉及"意象"了。我不太想让别人觉得这只是我对技巧的运用。

走走：你笔下的人物三教九流，中产阶级、知识分子、农民、公务员、小姐、嫖客、学生情侣、同性恋人……这种对完全不同人群的把握能力是如何得来的？我特别喜欢你说过的一段话："这些普通人在镇上生老病死，一辈子都遵循着自己的生活方式和人生信条。我在他们身上看到了光，这种亮度可以照亮我的眼睛，让我即便在黑夜里也能走自己的路。"

张楚：都是从生活里得来的。虽然生活在县城，但是麻雀虽小，五脏俱全，你能想象出来的各色人等，在县城都会有对应的人物。因为工作的关系，我接触到不少企业老板、会计，县委县政府的职员、官员。有段时间我弟弟开饭馆，我闲来无事会去那里帮帮忙，也认识了一些做生意的买卖人：开奶牛场的、卖饲料的、卖树苗的、开花店的、卖观赏鱼的、卖手工艺品的、开台球厅的、房地产商、配狗的、私家侦探、KTV 老板、锹厂老板……这些人中的一部分成了我的朋友。他们会讲述发生在他们身边的、形形色色的、各种性质的事件或案件，当然，喝多了他们也会讲自己的故事。我向来是个好的倾听者，对于他们的世界也报以善意的眼光。而且我跟他们都很熟悉，他们的一颦一笑、个性特点、说话方式和性格缺点，我都很了解。在小说里写到类似的人物就会很顺手。好像有了模子，做雕塑的时候就不会手生。当然，这也是一种很危险的写作方式，如果写完全陌生的人和世界，就要完全靠想象力和臆想出来的逻辑。无论怎样，他们——我这些县城里的朋友，肯定会是一辈子的好朋友。我们都将在那里终老。

走走：你的小说常常会借助犯罪事件推动，《曲别针》里志国因为没钱付给小姐，小姐翻出他女儿拉拉送给他的透明链子塞进自己袜子，志国因此把她活活摔死；《细嗓门》里，林红杀死无数次欺凌过自己妹妹的丈夫韩小雨；《疼》则是整篇围绕马可找朋友假绑架真敲诈自己的同居女友杨玉英，最后杨玉英因为一只蜡笔小新木偶被智障刘敬明杀死；《在云落》里医生苏恪以涉及非法监禁女子，而他的失踪似乎又与为表妹报仇的郝大夫约他到湖边钓鱼有关；《夜游记》里，卖电梯卖成优秀员工的男人从后面砍了背叛自己的女友六刀……这种"犯罪叙事"，是为了照顾小说的可读性吗？

张楚：其实不是的。我不是一个刻意在小说里讲故事的人。但是有时候，案件新闻会格外吸引你的目光，让你回味案件发生过程中那些蹊跷的思维方式和偶发事件。《曲别针》里的事件是我听一个企业会计讲的；《疼》里绑架女友致死事件和《细嗓门》里的杀夫肢解情节是电视台的两宗案件调查。也许可以这样说，是这些案件中莫名其妙、模糊难言甚至是遮遮掩掩的那部分吸引了我的目光，然后我按照自己的理解方式去解读人性。这个解读过程对当时的我而言有种致命的吸引，就像你要如何图解、分析一个别人留下来的、被橡皮擦去了一块的圆形。《夜游记》和《在云落》是完全虚构的。

走走：在所有这些中短篇小说中，我最喜欢的是短篇《老娘子》。九十岁的苏玉美想为新出世的曾孙赶制两身衣裳和两双老虎鞋，邀请了自己八十多岁的妹妹苏涣美做帮手。在此期间，两个老姐妹不畏拆迁恶霸铲土机的恫吓，继续缝个不停。淡定从容的勇敢背后，是苏玉美六十多年的守寡，而这守寡，又牵连出一个更悲伤的故事："读书郎一直在县城教书，跟苏玉美生了三个儿子，1942年失踪了。据说他是地下

144

自言自语 ◎

党，被日本鬼子杀了。"你的其他小说，基本围绕青年人的迷惘、人在途中不知心之所向（根据世界卫生组织确定的新的年龄分段，青年人的年龄上限已经提高到四十四岁），但是这一篇却建立起了上上上一代冷眼看待、坦然面对如今社会各种粗暴急切的祖辈形象。既出离你创作的总体，也出离同辈其他"70后"作家。站在这老姐妹俩的视角，反观自己唯唯诺诺的下一代、苟且自保的下下一代，也并没有简单得出"一代不如一代"的结论，而是尽管不可沟通，仍然充分理解，但还坚持底线。小说结尾特别有力量："再后来，苏涣美和那帮人，包括那个刺青龙身的，注视着苏玉美缓缓坐进铲斗里。她那么小，那么瘦，坐在里面，就像是铲车随便从哪里铲出了一个衰老的、皮肤皲裂的塑料娃娃。这个老塑料娃娃望了望众人，然后，将老虎鞋放到离眼睛不到一寸远的地方，舔了舔食指上亮闪闪的顶针，一针针地、一针针地绣起来。"社会最底层最边缘的弱势群体，在文学中的形象，不再是迷惘无助，而是安闲地坐下来，置身于汹涌而来的狂潮之中，有了慈祥平静的目光。

张楚：这是一篇完全游离我小说谱系的短篇。以前写过偏农村题材的，比如《旅行》《老鸦头》《一棵独立行走的草》《被儿子燃烧》等。这篇还有些不一样。写作动因很简单，一个哥们儿刚生了儿子，喝酒时说，他姥姥去找他的太姥姥，要给他儿子做老虎鞋。他太姥姥都九十三岁了。当时我眼前就出现了那么一幕：七十多岁的女儿和九十多岁的母亲坐在院子里纳鞋底。春天的甜风吹着娘儿俩的白发，阳光似乎也照耀到了时光之外的灰尘。恰巧那段时间县城里搞拆迁。拆迁可能是中国现代化进程当中最残酷、最难以言说、最让人欲哭无泪的工程了，它里面涉及的各种矛盾、各种血泪、各种狡诈、各种人性阴暗面，真是前无此例。当时我想，如果把拆迁跟老虎鞋粘贴在一起，会是如何的场景？于是就有了这个小说。两位老姐妹形象的原型，是我奶奶和她农村里的那帮老姐妹。我奶奶是一位老共产党员，解放前入的党，八十多岁了什么补助都没有，天天跟一帮八九十岁的老太太玩牌。她手气通常很好，每天能赢两块钱。爷爷参加过辽沈战役和朝鲜战争，压箱底的军功章有七八枚。他每个月有五十块钱的补助。如果让衰老的他们面对这个世界最复杂的一件事情，他们会如何解决？结果只能如你所言：尽管不可沟通，仍然充分理解，但还坚持底线。

写这篇小说的时候状态很放松，尽量用短句，说最明白的话。小说发表后只有孟繁华老师非常喜欢并将它收入了当年的短篇小说年选。这么多年来，很少有人提及这篇小说。我几乎也要将它遗忘了。再次谢谢你的阅读和肯定。

走走：和《老娘子》精神气质较为接近的还有一

个短篇——《旅行》。"爷爷怎么想起要去十里铺看海呢?……十里铺离周庄有一百里路呢。他这副老骨头,骑自行车能抗得住吗?"这个悬念到小说结尾才揭晓:"那次旅行,爷爷为什么非要去药地村他们当时不知来龙去脉。……多年后兆生在一次公务中遇到了一位私企老板。当他知道兆生是周庄人时,他和兆生询问一个叫周文的老人。兆生说周文是他爷爷。那个老板很吃惊,后来他说,有一年春天,周文骑着自行车跑到他们药地村,送给他母亲五十元钱。……然后他斟酌着说:'1963年秋天的时候,我妈去你们村偷玉米。'他并没有因为自己母亲曾经是个小偷而感到羞愧,'被你爷爷逮着了,你爷爷那时是队长。我妈说了些不好听的话,你爷爷就踢了我妈一脚。'他点着一支香烟说,'我妈当时摔到地上,流了不少的血。'他猛吸了口香烟说,'也不能怪你爷爷,他怎么知道我妈怀了三个月的孕呢?'后来他笑了起来,'我妈身体皮实,什么事情都没有,不然哪里会有我呢?'最后他眯着眼睛说:'我只是觉得很有意思,这么多年了,你爷爷还记得这码事。'"这个小说篇幅虽然很短,但涉及的主题却很大,关于生命行将结束之前,对自己过往不良行为的忏悔。怎么会想到写这样一个在你自己作品谱系里比较少见的题材?

张楚:20世纪60年代,我爷爷一家过得非常艰难。他有个战友,家住百里开外的农场,生活相对宽裕些。每年春天，家里快揭不开锅的时候，那个战友就会驮着半袋粮食来爷爷家，抽上几袋烟，然后骑着借来的老水管自行车回去。后来因为交通、迁移等原因，慢慢失去了联系。生活好些后，我总是听爷爷跟奶奶念叨，什么时候我驮着你去看看老徐啊，他们家住在海边。他说这番话时已经七十多岁了。爷爷奶奶特别疼我，以他们自己的方式。从小学到高中的寒暑假都是在爷爷家度过的。记得上大学时，奶奶让邻居神秘兮兮地打电话让我回家，说有好吃的。我坐长途车回去一看，原来是谁送的蛋糕，非常松软非常甜，也许在他们看来，这是世界上最好吃的糕点了。我抱着这盒糕点上了车。车开了很久，从玻璃窗往外望去，他们还在村口手搭凉棚张望着我这边。后来我看到爷爷小跑了起来，他跑得很慢，摇摇晃晃的……我差点忍不住从车上跳下去……写这篇小说时爷爷奶奶还健在，爷爷已经没有体力驮着奶奶去海边看他战友了，我只能为他们虚构了这一段艰难但是美好的旅程。当然在具体写作当中，又虚构了一些枝蔓和细节。现在他们都去世了，我经常梦到他们。我相信那些在世界另外一端生活的亲人，肯定也米谷满仓、六畜吉祥。

走走：弋舟算是你的好哥们儿吧，此前和他也有过这样的一次对话，我那时就觉得，你和他的写作相对照着来看，颇为有趣。他笔下的人物，往往一步步被作者逼至绝境；你总会在最后关头放人物一条生路。他的小说知识分子气质浓郁，隐喻了大量的戒谕，算是智性小说；你的小说洋溢生活情调和热情，读来平实，特别有生命力。他的小说缺少的是随性的失控；而你的小说有时写高兴了，会放得太开……

张楚：哈哈，是的。在小说创作中，叙事激情其实是很难控制的：控制过了，就会留白过多，但是疏于控制，又觉得冗余斑杂。我在写作过程中，并没有刻意去控制，总是先顺其自然地写完。修改小说时，我会意识到哪些是边角料，但舍不得扔弃，所以我的小说中会有类似于玻璃毛边一般的东西。尤其是在一些短篇创作中，这种"写飞了"的感觉可能会格外明显。这一点上应该向美国小说家学习。他们的写作训练非常有效，裁剪得当，几乎没有一句废话。不过，读得多了，就会感觉他们的叙事腔调和推进故事的手段怎么都那么像呢，甚至是语言的速度和密度……所以，物极必反，还是保持自己的写作方式吧。

弋舟是位技术完美的小说家，也是我的好哥们儿。我们经常讨论关于小说的种种，我觉得在这种差异性的讨论中，我们都受益匪浅。

走走：获得鲁奖的《良宵》有篇题为《自言自语》的创作谈，你说："我希望将来——无论四十岁、六十岁或是八十岁，都怀着一颗敏感的、柔弱的、歹毒的心，来赞美这个世界、这些恶光阴以及繁复人性在刹那放射出来的光芒和美德。"如何理解你这里说到的"歹毒"？

张楚：席勒在他的论文《论天真的诗和感伤的诗》中提到"天真"和"感伤"的概念。这里的"天真"也常被翻译成"素朴"，而"感伤"一词更确切的汉语补充表达也许是"反思"。席勒区分了两类诗人：天真的诗人与自然融为一体，平静、无情而又睿智，天真诗人毫不怀疑自己的言语、词汇和诗行能够再现他人和普遍景观，能够彻底地描述并揭示世界的意义；相反，感伤的诗人沉思事物在他身上所产生的印象，反复倾听自己，不确定自己的词语是否能够涵盖或是抵达真实，他的理智不断地在质疑自己的感觉本身。

在帕慕克看来，席勒的论文不只是关于诗的，甚至也不只是关于普遍的艺术和文学的，更是关乎两种永久存在的人性。一方面，我们会体验到在小说中我们丧失了自我，天真地认为小说是真实的；另一方面，我们对小说内容的幻想成分还会保持感伤——反思性的求知欲。这是一个逻辑悖论。但是，小说艺术难以穷尽的力量和活力正源于这一独特的逻辑，正源于它对这种逻辑冲突的依赖。阅读小说意味着以一种非笛卡儿式的逻辑理解世界。要有一种持续不断、一如既往的才能，同时相信互相矛盾的观念。我们内心由此就会慢慢呈现出真相的第三种维度：复杂小说世界的维度。其要素互相冲突，但同时也是可以接受、可以描述的。帕慕克还说，小说并非某种以文本形式来表达自我见解和揭示世界奥秘的天真工具，而是一场有关自我创造和自我追寻的没有终点的感伤旅程。

我这句话里的"歹毒"，套用"天真"和"感伤"的辩证关系，就是用来调和"敏感"和"柔弱"的。一个小说家不敏感，就不会感同身受地体验这个世界；一个小说家不柔弱，就不会窥探到最底层的污浊与美；如果一个小说家既敏感又柔弱，而不歹毒，那么他就不会去主观地防御、对抗这个世界，如此，他就不能完整地、主动地开始这一场有关自我创造和自我追寻的没有终点的感伤旅程。

走走：在你那么多小说中，谜团最大的应该算是《在云落》吧。"知乎"上有人有如下提问：张楚的《在云落》有人看过吗？仲春最后到底"肿么了"？到底是"神马"意思？还有读者在博客里写："我坚持《在云落》是一篇悬疑小说。"这位读者的解读是："苏恪以和郝大夫的诊所其实是借脑叶白质切除手术杀人越货。苏恪以跟'我'描述的天使是他们的漏网之鱼。'我'的前女友仲春就惨了，只为在婚礼前与'我'鸳梦重温，就惨遭毒手，还赔上了一辆红色跑车。"这个小说你自己是怎么设计的？

张楚：《在云落》于《收获》发表之后，很多读者问我，为何会写这样一部悬疑小说？我挺惊讶的，因为我从来没读过悬疑小说。

我曾经在《在云落》一篇创作谈中说过，初写《在云落》时，并没有苏恪以这个人物。我只是想写写妹妹。苏恪以是怎么冒出来的？我想不起来了。有那么段时间，对苏恪以的构想和琢磨超过了对妹妹的怀想，这让我很惊讶，也让我愧疚。可人物一旦诞生了就要尊重他，要好好安排他的命运。作为一个悲剧性人物，他从出场开始就携带着不安因子，每一次他出场，我都有些紧张。在写作过程中，我甚至怕一不小心，他就要从小说里面走出来站在我面前说：哥们儿，喝点小酒吧？我想我不会拒绝他的邀请。在我看来，他应该是真诚的。我之所以给他安排了那么吊诡的命运，可能恰恰是他的气质原因：唯有那般，才会如此。

走走：你的小说中，一是经常会出现大地震的闪回式背景交代，这和你是河北唐山人不无关系；二是每逢出现孩子时，那篇小说的总体基调会有很大一部分是温柔与怜惜。比如《在云落》里的表妹和慧，《大象》里的劳晨刚、孙明净，《U形公路》里的麦琪，这种温柔在你总体荒凉、灰暗的叙述色调里，显得格外动人。

张楚：我的第一个孩子是个女儿，不幸先去了天堂。我唯一的妹妹也因为再生障碍性贫血，在十八岁那年先离开这个世界。可能正因为如此，每当我写到孩子，笔触都是温柔的。

走走：我看你很多小说都是以当代城镇生活为素材，故事往往发生在"桃源县"，它的原型应该是你生活的滦南侨城，一个夹在城市与乡村中间的小城。这两年，你在人大读硕士，生活的场域主要发生在北京，但似乎还没怎么看到你以北京为背景的都市小说？

张楚：我觉得一个小说家的青春期在哪里，他小说的根就在哪里。我是在县城长大的，除了在大连读了几年大学、偶然的出差会议，大部分时间都是在那个既小又大、既灰暗又五彩斑斓、只是由七八条主干道经纬交织的空间内吃喝拉撒、读书和思考的。我想，这种宿命般的"在"，决定了我的"写"。现在虽然在北京学习，但是我对这座城市并没有深入体肤的体验和自觉的回味，即便感受到了它的一些气味、品尝到了它的一些味道，也是肤浅的、浮光掠影的。这种短暂的旅程般的停留不会让我的目光停驻在它身上，我没有能力去打捞、捕捉、描摹、反思它的存在和内部逻辑。所以我想，我可能还是会写关于县城的小说。当然，里面也许会出现一些来自都市的夜行人。

虚无的巴别塔

　　我还记得，读到的第一本外国小说是玛格丽特·米切尔的《飘》，第二本是陀思妥耶夫斯基的《罪与罚》，第三本是卢梭的《忏悔录》。那时候还在上高中，读也是昏黄台灯下囫囵吞枣地读，对斯嘉丽和瑞德的爱情、拉斯科尔尼科夫孱弱癫狂的灵魂和卢梭不幸的人生并没有太多的感悟。然而，一个小镇少年的确懵懂地领略到了无法言说的文学之美：那些活色生香的人，不管是美的还是庸常的，不管是高尚的还是邪恶的，都在台灯熄灭的瞬间变成了屋顶上飘浮的影子，他们——那些被作家创造出来的奇特灵魂，让我久久不能入眠。

　　1994 年冬天，刚上大学没多久，我跟同学去海边。冬天的海边没有什么人，海鸥低飞，仿佛随时要被并不汹涌的灰色海浪淹没。海面上也没有什么船，只在海天一线处，浮动着若干黑色斑点，那肯定是出海捕捞的渔船。我们都很沉默，后来，坐着有轨电车回学校。铁道在黄昏中默默地伸向城市的深处，不晓得哪里是尽头。然后，在东北财经大学门外的那家小书亭，我一眼瞅见了那套《约翰·克利斯朵夫》。我之所以对这套书如此熟悉，是因为高考前半个月，我偷偷读完了借来的第一册，是安徽文艺出版社出版的，傅雷先生翻译，白色封面缀着些浅黄暗花。我至今还记得看到这套书时的感受：它瞬息就将我内心的晦暗、不安和忧闷一扫而光，宛如初春的狂风卷走了最后的冰雪……我当即买了一套，抱在怀里，怕雪霰打湿了封面。这时旁边的一位先生，推了推鼻子上的眼镜对我说，哎，这些书我早就不读了。他说话的语气有些疲惫，还有些小小的讥讽。我注视着他，不知道说些什么。回学校的路上，我将书藏在了夹克里面，我能感觉到自己的心脏在跳动，犹如鼓槌般轻轻击打着散发着墨香的书脊。等我在灯光下用香皂洗完的手指缓缓翻开洁白的扉页时，美妙的句子和段落淹没了我，然后，我消失了，消失在一个理想主义者跌宕起伏的人生旅途中。

我现在还记得小说的结尾，弥留之际的克利斯朵夫到了彼岸，他问孩子："你究竟是谁呢?"

孩子回答说："我是即将到来的日子。"

我疯狂地爱上了阅读。我学的专业是财务会计，但并不想日后当一名天天跟数字打交道的会计。我对自己的未来没有什么谋划，对文学书籍的热爱更像是一种自在的天性。那段时光，除了中国古典和当代文学，我还读了福克纳的《喧哗与骚动》、霍桑的《红字》、三岛由纪夫的《春雪》、米兰·昆德拉的《玩笑》《生命不能承受之轻》《生活在别处》《被背叛的遗嘱》、卡夫卡的《城堡》《审判》《变形记》、博尔赫斯的短篇小说、王尔德的《道林·格雷的画像》……或许可以说，外国现当代文学在某种程度上奠定了我对小说的审美，激发了我的小说创作热情。那时候我肆无忌惮地写着想象中的小说，幻想着它们能发表，也幻想着有一天它们能变成外国的文字，让外国的读者看到。

我第一篇被翻译成外文的小说是短篇《曲别针》，收录在李敬泽先生编辑的《中国城市小说》英文版里，当我收到厚厚的样书时，不禁打开属于自己的那页，*The paper clips*。隔膜多年的英文让我在瞬间有种羞涩的感觉：会有多少外国读者读到它呢？他们会对这篇小说有如何的感受呢？……第二篇被翻译的小说是《骆驼到底有几个驼峰》，韩文。我还记得书是口袋书，里面还有一张光盘，据说是中韩双语，可以让韩国读者跟着学汉语……

后来，更多的小说被陆续译介成外文，我必须感谢《人民文学》外文版《路灯》：《草莓冰山》《野象小姐》《良宵》《苹果的香味》《曲别针》被我从未谋面的翻译们陆续译成德文、西班牙文、英文、韩文、意大利文等。2017 年，我受《人民文学》委托，带着三十多本德文版《路灯》只身去参加法兰克福书展。那是一次奇妙的旅程，一个只会说汉语的人，在一座陌生城市里穿梭，内心除了恐惧，更多的是幸福感：我见识到了法兰克福书展的庞大宏伟，也见识到了来自世界各地的读者们的疯狂——感觉比小时候去县城赶集还热闹。那几年，中国的网络阅读已经成为主流，但是欧洲的读者似乎更喜欢纸质书籍，那些动辄排出去五六百米等着买签名本小说的年轻人让我好奇，也让我感动。在书展上，我跟汉学家们就"古典文学和当代文学的关系"进行了探讨交流。当我把带来的《路灯》杂志放在阅览位置时，马上被观众一抢而光。当晚，我跟一帮汉学家在一家中餐馆吃晚餐，他们还得意地拿出了一瓶二锅头，说这是最难忘的酒，原来，他们在 20 世纪六七十年代，都曾在中国留过学。

翌日，李夏德教授邀请我到维也纳大学，为汉语系学生讲授我的短篇小说《草莓冰山》。教室里坐了六七十位学生，让我惊讶的是，坐在最前排的是两位老人：一位是七十来岁的男士，花白胡须，西装革履；一位是银发女士，笑眯眯望着我。他们用简单的中文跟我交流，而我只能用复杂的汉语回答，李夏德教授再翻译成德语。《圣经·旧约·创世记》篇章记载，人类曾经联合起来，妄图兴建能够通往天堂的高塔。为了阻止人类的计划，上帝让人类开始说不同的语言，使他们相互之间不能畅通交流，巴别塔计划因此失败，人类从此各散东西。如今，这座塔已经在无形中建立，并不是所有的生灵都渴望与神明交流，他们更渴望与同类倾诉。授课后，当地诗人马丁邀请我去他家做客。打开门时，一个漂亮的小女孩用流利的汉语跟我打招呼。原来，马丁和妻子、孩子曾经在北京生活居住过十年。他的妻子知道我是《草莓冰山》的作者时，还跟我讨论起这篇小说。她说，这是一篇让人悲伤的小说。

随着作品的被翻译，我陆陆续续参加了一些国际文学论坛。2016年，我随中国代表团去匈牙利参加第一届"中东欧—中国文学论坛"，与十六个中东欧国家的作家和文化官员进行文学交流，并做了题为"文学与新媒体技术"的演讲。2017年5月，我参加了"中国·湄公河国家文学论坛"，与柬埔寨、老挝、缅甸、泰国、越南五国作家进行文学交流，并做了《我的创作源泉》的主题发言。2019年4月，我参加了中日作家恳谈会，与日本众多知名作家围绕"传统与现代"等题目开展文学交流，并做《现实与文学》的主题演讲。在中波建交七十周年于华沙举办的"品读中国"系列文学活动上，我做了《我的创作》主题演讲。

2019年，我的小说集《野象小姐》被翻译成阿拉伯文。2020年，罗马尼亚学者宝拉开始翻译我的小说《野象小姐》《良宵》和《在云落》。我们就里面的俗语、俚语进行过上千条的微信语音交流。她是位特别认真负责的翻译，其中有一个问题让我至今难忘。《野象小姐》里，曾经用金庸小说《倚天屠龙记》里的"灭绝师太"做过比喻，形容人头发少。宝拉很认真地说，"灭绝师太"是道姑，不是尼姑，是有头发的。我言之凿凿地说"灭绝师太"是尼姑。后来我去搜索了一下，网友众说纷纭，我也拿捏不准了。2020年，这部小说在罗马尼亚出版，本来要去那边做交流活动，因为疫情原因不了了之，也是憾事。

写作二十多年，只是一个人黑夜里默然赶路，从不敢想能够与他人达成如何的共鸣，更不敢奢望那些国外的读者能够与我小说里的人物相遇。不过，如果真的相遇了，也挺好。翻译家们拆除了藩篱，让不同种族、不同民族、不同国度里灵魂切近的人相遇，感受彼此的呼吸与脉搏、灵魂的悸动与追寻，真是一件神奇幸运的事。

一己之见

——我的小说观

——我的小说观

——我的小说观

——我的小说观

——我的小说观

——我的小说观

——我的小说观

——我的小说观

一己之见

——我的小说观

短篇小说

我们一直主动或被动地沉溺在生活之中。当我们被动性地不断叠加身外之物时，内心有一个先天准则，那就是：生活赋予我们的不能丢弃，不能废弃，它关乎记忆，也关乎对人性的注解，我们只能按照上帝的旨意保管。如此，我们的身外之物随着时光愈发沉滞，最后不光我们的肉身陷入泥潭，没准儿连灵魂也难以飞扬。

短篇小说写作也是这样，多个事件发生，你如何选择那些对文本自身具有构建性和决定性的情节？你必须学会扬弃和保留，学会甄别事件发展的内在逻辑是否符合小说本身的内在逻辑。而途径无非有两种：一种是天分，一种是经验（或曰技术）。当我们按照天然的感觉在叙述中发现了问题时，我们要根据阅读经验沉淀下来的第六感开始控制小说的节奏和发展方向，我们至少要在某种主观猜度中知晓哪些是装饰性细节，哪些连装饰性细节都不是，而哪些又该是我们该去全力张扬的。这种舍弃和张扬本身，又有着自身的规律和个性，就像一个人如何费尽心思把书房里的书去除一部分，留下一部分，去和留之间的犹疑和度量，考验着小说家的眼力、经验与天赋。

我觉得短篇小说里如果没有了诗意，便犹如风干了的苹果，尽管吃起来味道不会太差，但总还是少了些舌尖被果汁里的维生素刺激时的微妙快感。短篇小说之所以不会被中长篇小说取代，不会被影像完全解构，或许就是因为它里面朦胧的、含混的、流星般一闪即逝却念念不忘的诗意，诚然，这诗意或是黑色的，淌着腥味的血。

当代作家的小说里，尤其是短篇小说里，很少有风物描写。大家都认为这是在浪费笔墨，而且是种很古旧的写作手法，似乎只有在 19 世纪的经典作品里出现，风物才算是风物。风物真的属于奢侈品或者展览品吗？其实对风物的描摹，看似一种闲笔，但正是这样的闲笔，让小说有点游离和走神，反倒可能诞生出意外的诗性，也就是日常生活中的诗性。对我而言，这种诗性天生有着阳光和植物的味道，所以我认为，它应该是哀而不伤的。

如果说奥尔加·托卡尔丘克的小说是盆景，那么爱丽丝·门罗的小说是园林，而玛格丽特·阿特伍德的小说则是葳蕤茂密、辽阔神秘的森林。

传统小说

　　所谓传统小说（或曰严肃小说、纯文学），一般都有比较坚硬的内核，这个内核不仅与我们的现实生活紧紧勾连，而且与作家的哲学素养、美学素养、社会学素养紧紧勾连。在小说创作的过程中，传统作家更关注普通人的内心世界和外部世界的矛盾、对抗、和解的艰辛过程，这个过程与大部分中国人的生活逻辑、生存逻辑有着极高的相似度，很容易引起读者的共鸣。还有就是传统作家会更关注人物的塑造。人物塑造说起来很简单，但是要让一个具有独特人格魅力的人物活色生香、具有辨识度和时代性，传统作家必须拥有智慧的双眼和极强的文学转化能力。他可能一个月也写不出一个字，他可能需要用上半年或者更多的时间去沉入生活、感知生活、提炼生活，为再现生活提供必要的素材和角度。一位传统作家完成一部长篇小说可能需要三四年或更长的时间。这种时间、心性、能力的沉淀，反映到作品上，可能会让作品更具有抗腐蚀性，这里的腐蚀性指的是时间的残酷和当下人心的浮躁。

细节描写

　　短篇小说是深夜里的一声叹息，是抹香鲸在月光下跃出海面的一瞬，是骆驼穿过针眼安全抵达沙漠的过程，是上帝的一个响指。

　　什么是细节描写呢？就是那声叹息是悠长的还是短促的，是男人的叹息还是女人的叹息，在声音从咽喉和嘴巴里传递出来时，这个人有没有哽咽或其他肢体动作；就是抹香鲸以锐角还是钝角跃出海面，在腾空的刹那月光只是印在它的尾部还是覆盖了它的整个身躯；就是骆驼穿过针眼的时候，它的两条前腿和两条后腿是蜷缩在一起还是像往常一样分开；就是上帝是用左手打的响指还是用右手打的响指，在打响指的时候，那两根手指是大拇指和中指还是大拇指和食指，在响指发出声音的时候，上帝有没有像普通的人类那样咽了下吐沫……小说家在对人物进行塑造，在戏剧性地推进小说叙事，在自己的逻辑范畴内讲述这个世界的卑微或伟大、光明或黑暗时，正是他有意或无意写出的饱满、闪亮的细节，带给我们有限的感官承受和无限的思维发散，同时传递给我们只属于文字和小说的细小幸福。

　　世界穿过针眼，又能领悟和把握某种整全——我的理解是，在短篇小说中，可能不会有波澜壮阔的故事，它更类似黑夜中的喃喃自语或小声歌唱，尽管音调不高，音域也未必开阔，却能让聆听者感受到世界的阔大与复杂、温情与沉默，甚至是痛苦与哀伤。这细弱的歌声让我们坐等黎明时，内心里对世界报以一种曦光终会拂身的等待。

短篇小说中的细节，最好能饱满、闪亮，它可能不会将叙事带入高潮，却会让对生活有感悟的人格外感触和心动，有时候，它甚至会淹没叙述，让读者多年后只记得那个细节。如果说短篇小说有自己独特的"思考方式"，我想，就是要学会如何让世界优雅得体地穿过狭小的针眼，并且在穿越针眼的同时，让小说的内部逻辑得以确立——世界没有被碾压成齑粉，它依然是那个鲜亮完整的世界。

小说的细节无疑是小说是否成立的标志。一篇出色的短篇小说里肯定会包含一个或多个闪亮的细节。要引起读者注意并让其保持注意，最有效的办法就是让写作细致、确切和具体。或许可以说，细致、确切、具体的细节是小说的生命。约翰·加德纳在《小说的艺术》中将细节比作"证据"，就像几何定理和统计分析中的证据一样。当一个细节能调动我们的感官时，它就是"确切"和"具体"的。细节应该被读者看到、听到、闻到、尝到或触摸到。细节之所以重要，还因为它能暗示故事情节的发展。契诃夫曾说过一句名言：如果在第一幕中，一支手枪被放在了一件斗篷上，那么它必然会在第三幕中射出子弹来。同样，当一个故事交代了新的细节，或是描写得更加具体，那么它可能在暗示故事人物的变化或情节的发展。

现代主义小说、后现代主义小说中，肖像描写的消失，反映了小说家关注点、兴趣点的转移，也反映了他们在写作过程中的焦虑感和忧患意识。其实，貌似简单的肖像描写最能体现一名小说家眼光的犀利程度、通感能力的强弱程度和对人物的速写技能。尤其是对次要人物的肖像描写，能在最短的时间里将人物刻画出来，次要人物本身就没有太多的行动和戏份，精准狠毒的肖像描写既省事又干练，实在是一种不错的选择。

词　　语

与小说里的动词相比较，我更喜欢小说里饱满的名词。名词不仅是装饰品，而且打通了细节与细节的疆域，它们是情节暧昧的推动器，是世界之所以如是的结论性标识符。尤其在长篇小说里，名词与名词之间通常会创造出揭示人物内心真实世界的细密纹络，以及涌动的气味。

动词是有限的，名词是无限的。

一个小说家的青春期在哪里，他的词语就在哪里，他小说的根就在哪里。

场　　景

譬如，小说中十人以上的在场场景，对话不是问题，只需符合人物身份性格即可，难的是如何进行场景切换腾挪。既需洽合的人物动作特写、微妙的个体心理愿景和选择性的人物互动，还需特定的场景描写、微物描写和氛围建构，当然最重要的一点是，作者必须在这转换中毫不怯场，有股浑不吝的自信。从这方面讲，我由衷地佩服曹雪芹和托尔斯泰。

风格与局限

当有倾诉欲望的人开始用文字来抒情、叙述或进行自我质问时，他想要获得的，只是一种假想意义上的快感。他讲述故事、事件、细节或庸俗的日常生活时，内心最真实的声音是：只要把它们讲出来，就是意义的终结。这个时候，他不会有关于写作风格的幻想，他还来不及对生活的雏形或变形烙上自己独特的印记，对他而言，最重要的是倾诉和告白。

这个时候，是最幸福的阶段。

当然，存在一种可能，就是哪怕仅仅是追求假想意义上的快感，他说话的腔调，他喜欢使用的名词、动词、形容词、副词和语气词，可能也会跟其他写作者有着明显差异，或者说，冥冥中有着自己的辨识度。这种辨识度，除了跟他的语言有关，更与他对世界的关注度有关——他喜欢讲述什么样的故事，在讲述故事的进程中，他获得了如何的自由，他让小说中的人物获得了什么样的尊严，那些人物又是如何巧妙地背叛了他——当这一切在混沌中慢慢地自我梳理和自我塑形时，他小说的风格也在慢慢地诞生，并得以艰难地确立。这种诞生到底有多少自主性和主观性已经不重要了，重要的是，在自觉性写作中，他让小说获得了属于自己的腔调和形象。

当然，大多数的写作者在多年的写作后，会有一种意识：哦！我的语言是这个样子，我的写作主题有这样的特点。当他意识到这一点时，他有两种选择。

一是由于长期自我重复写作主题和写作技法，他确实有一种改变的决心，他抛弃了他熟悉的小说世界，开始有意识地用矫正后的语言去讲述矫正后的主题，这种主观的变化可能会催生一个更优秀的小说家，也可能让他在自我革新的过程中丧失主体性，变成虚构中的那个他。

还有一种可能，就是他知道自己的写作风格，却没有去进行自我革命的勇气。也许他会认为，一个小说家在某一时段内的作品，均围绕这一时期内他自己内心世界的格局展开，这个时候，他不会去刻意改变风格，风格的局限性对他而言，是一个伪命题。如此，他听从内心的声音，遵循着写作的内在规律，在时光的抚慰中，缓慢地变化、调整着自己。

对于大多数作家而言，他们会在同一种写作风格中老去。写作风格与年龄没有过于明显的关系，例如在我们阅读马尔克斯、阿特伍德或者帕慕克时，我们很难从他们的著作中感受到写作风格的变化——那些天才型作家，他们并没有意识到风格的局限性，对他们而言，青春期不会消亡，写作主题和写作技巧的更迭，更多的是被时代所主导所牵引，至于如何重新定义写作条规和写作戒律，对他们而言，可能并不是重要的事。

敏　　感

一个小说家不敏感，就不会感同身受地体验这个世界；一个小说家不柔弱，就不会窥探到最底层的污浊、暴戾与美；如果一个小说家既敏感又柔弱，而不歹毒，那么他就不会去主观地防御、对抗这个世界，如此，他就不能完整地、主动地开始这一场有关自我创造和自我追寻的没有终点的感伤旅程。

情　　感

在小说写作时，注入过多的真情实感是危险的事，稍不留神，过于饱满的情绪和表达就会对小说的逻辑性造成莫名其妙的遮掩，进而对小说的内部结构造成损害，从而使小说变得庸俗。有些作家有一种奇特的力量，他们能巧妙地平衡情感在叙述中的浓度和比例，既让小说呈现出敦厚质朴的品性，又让小说散发出诗性的光泽。他们笔下的人物都带着体温，这些人物不是稻草人或高速公路上的塑料交警，他们是我们，是晨光下奔跑的我们、黑夜里哭泣的我们。

性 别 观

我个人觉得，大多数作家应该都渴望自己的写作是中性写作或无性写作。脱离了性别意识才能摆脱性别的桎梏和约束，才能更客观地去描写和探索更重要的东西，比如人性的复杂性、时代的曲线发展和文化的多样并存。虽然如此，即便如此，我们在写作过程中难免会下意识地流露出些许性别意识，这不是出于我们的意愿，而是出于我们的本能。我们阅读那些伟大的文学经典，会发觉我们不会格外留意其中的性别意识，我们更关心的是作家讲了什么样的故事，用什么样的方式讲了这样的故事，以及这样的故事到底有什么意义。作为阅读者的作家和作为写作者的作家在不同的身份中呈现出的关注点的迥异也从另外一个角度证明了小说中的性别意识的无意义或意义的有限性、局限性。成年后的性别意识类似我们的血型、星座甚至性别本身，它已然固化，但仍会在细胞核内发生裂变或衍生，我们本来应该能看到，可是我们看不到。说实话，我不知道这对于作家来讲到底意味着什么。作为一个迟钝的思考者，后知后觉之后发生的一切，才是最重要的。

有的作家有强烈的性别意识，终生都在自己的作品里有意或无意地强调重复这一点。这样的作家通常是女性。波伏娃是这种作家，杜拉斯是，张爱玲是，尤瑟纳尔也是。如果说杜拉斯在小说中自然而然地呈现女性意识，那么尤瑟纳尔则是有意识地去性别化，这种"去性别化"从反面论证了她同样具有强烈的性别意识。相对于女性作家，大多数男性作家可能是将性别观与作品的性别意识剥离开来的。这个原因很好理解，在男权社会里，男性不会刻意地或者说是有意识地去强调自己的先天属性。当然也有例外，比如劳伦斯，无论是在《恋爱中的妇女》《白孔雀》还是在《虹》里，都能读出强烈的性别意识。但是像他这样的男性作家很少，即便是缠绵细腻的普鲁斯特在《追忆似水年华》里也没有表现出过多的性别意识。名著里的性别观也逃脱不了时代赋予他们的局限性，《水浒传》里的"厌女症"就是佐证；但更伟大的作家作品会超越时代的局限性，比如《红楼梦》《包法利夫人》《复活》《安娜·卡列尼娜》《苔丝》。他们对女性的尊重、爱、体恤和怜悯让他们的作品更具有经典属性。当然，不是所有伟大的作家都擅长塑造女性，我个人觉得，陀思妥耶夫斯基和卡夫卡小说里的女性都有些面目模糊。

读　者

我写作时很少考虑到读者，比如他们的口味、他们的喜爱。我觉得如果一个作家老是考虑读者，他可能写不出自己满意的作品。优秀的小说家应该培养读者的口味，让读者翻越固有的审美藩篱，接受并享受新的审美范式。

其实，和某些读者的交流常常让我感觉惊讶，他们的灵魂和我的精神世界是相通的、契合的。那种从未相识却又如此心心相印的感觉，可能也是小说家创作时潜意识里的一种动力。

《与永莉有关的七个名词》

这篇小说的缘起是我高中的一名女同学。高三那年被她的男朋友强行辍学之后，我再也没有她的任何消息。

这么多年来，我时常想起她。按照惯常的揣测，她要么在城里打工，要么成了一名出色的农村主妇。

无论她过着什么样的生活，我都会对她报以最诚挚的祝福。小说中的永莉比我的那位同学更勇敢，"被出走"后，时间没有将永莉滞留在过去，而是加速了对她命运的书写。这七个名词，前六个都在高处，只有到了"地下室"，永莉的世界才真正安稳牢固起来。她的坚韧、执拗和勇气，让她无论站在哪里，身居何处，都不会再战战兢兢，心底只有坦然与自由。她知道往哪个方向行走。

与其说这是篇关于女性如何寻找自我、塑造自我的小说，不如说在这篇小说中，我在试图探讨人与混沌世界的内在逻辑关系——这种关系有可能是被动的，更有可能是相互渗透的。

一条河的宿命

——关于《盛夏夜，或盛夏夜忆旧》

2015 年我最担忧的，是那条叫作北河的河流。这是我们县城唯一的一条天然河，贯穿东西，曾是京东北运河起点，当年滦州的粮草棉花都由此沿滦河运往元大都。那年春夏大旱，每晚去河边跑步，都会感觉河水在扭动着身躯被迫蒸发。果不其然，到了八月，水位下降足有两米，岸边水线退了二十余米，鱼虾烂溃淤泥，野鸭水鸟不见，荷叶枯瘪，仿若被烈火烧伤的病人，往年的龙舟赛也不得不取消。朋友来访去坐画舫，在河心竟搁浅，船夫跳下去，水只淹到脚踝处。

至于如此这般缘由，倒也没人说得清，或许跟降雨有关，或许与淤泥有关，或许与地下水过度开采有关。也有人说，是在河两岸开发建盖楼盘，堵了泉眼；还有人说，是县城北部开采地下铁矿，导致地下水位走向被迫改变，北高南低。如此如此，不一而足。

每晚在桥东的星空下我都默默祈祷，愿上苍保佑这条河吧，如果说流动是河流的宿命，那么就让它生生世世地流淌吧。那段日子，我似乎得了焦虑症，无论做什么事，只要一想到北河，内心满是绝望，兴致全无。等到了冬日，总共下了两场雪，稀稀拉拉，这条河已经奄奄一息。年底参加《长江文艺》的活动，漫游长江三峡，想起它更是灰颓。临到重庆那晚举办了盛大晚宴。勒·克莱齐奥提议参会的作家每人写一篇关于水的小说。我在发言时说，故乡的那条河就要干涸了，如果河里住着河神，家园尽毁，他们该如何安排自己的去处？人困顿了，尚可投奔亲友，那么，这些在此处居住了上千年的神灵呢？

也许，这篇小说最初的构想，就是那时生成。2016年年初，想把小说写出来。每每坐在书桌前，眼前就幻化出某位老妇人，形容枯槁却端庄雅致，默然坐于某个虚妄之处。我想，也许她就是北河的河神吧，更是揪心。想来想去终无法落笔。如此拖到六月。其间身在异乡，总不忘问询亲朋北河近状。那日哥们儿打电话说，你放心好了，政府从滦河买了水，正往河里灌注呢。一下就轻松起来，迫不及待回了趟老家，骑着自行车跑到岸边。河水果然丰盈不少，虽然雨俦风偬，好歹没了性命之忧。无比兴奋，晚上找朋友大醉一场，又绕着河流奔跑一圈。待写这篇小说时，心中褶皱与顾忌便没了，无论怎么写，它都安然无恙，内心便不会愧疚忧瑟。

记得2013年时，与陈东捷先生饮酒。他曾经提议说，有两个题材你们都没怎么动过，一个是杜甫，一个是灶神。如果写出来，肯定有意思。记得那晚我认领了灶神，弋舟认领了杜甫。一晃三年，写这篇小说时，忽然想起这个约定，于是加了新角色。工业时代将诸神逼至黄昏，人心的欲望无论肉体还是物质都从未如此之赤裸与琐碎，堪比古之罗马。在时代的小角落里，当一个感性主义者兼悲观主义者凝望着众生相并企图解读时，常常会为自己学养之贫瘠、眼界之禁锢，以及语言之言不及物而懊恼。然而，无论怎样，仍试图将人心更迭写出来，写好写不好，都是宿命吧。

我最欣慰的，河流还是被挽救了。以后的日子，它都仍将以朴素的目光注视着县城里的人们雀跃着离开，或者，从他乡满面疲惫地归来。说实话，在漫漫的旅途中，无论在飞机上、火车上、游轮上，还是大巴上、三轮车上，我都会断断续续地想起它。想起它，就像想起了自己的家人朋友。它让我在旅途中，内心永远燃烧着一簇小小火苗。

普劳图斯说，不知哪条路通向大海的人应该找一条河流做他的旅伴。我不想寻找自己的大海，但是我愿意在风尘仆仆的旅程中，心中永远流淌着这条有着最平朴名字的河流，哪怕午夜在异乡与陌生人谈一谈它两岸的磷火与青蒲，也是惬意快慰的。

2017 年 1 月 10 日

已知世界、想象力与小说

——关于《过香河》的一些闲话

　　已知世界，我们的日常生活，我们的现场，我们的伤心之地或福祉，总是让我们不自觉地在小说世界中复制或张扬，而我们建造小说城堡时，我们不单单要书写已知世界里的"已知世界"，还要书写已知世界里的"未知世界"。

　　已知世界考验的是我们对事情的回溯、观察、去表取质的能力，也考验我们对这个世界的认知能力和表述能力。即便是书写已知世界，写作者也会感觉到力不从心，这种力不从心会让写作者沮丧，因为最基本最细微的技术产生的障碍往往会让写作者更为紧张不安。无论是巴尔扎克、福楼拜还是托尔斯泰，他们描摹世界的能力让我感到惊讶和震撼，他们总是貌似轻易地就将事物的细节、光影的关系处理得仿若写实油画，而当事物被描摹被虚构时，又能派生出类似玻璃毛边的质感。

　　描写已知世界是最基本的写作技能，而准确、简洁、词语连接到一起时产生的膨胀感和宿命感似乎也是公认的写作条规。当然，这并非是说我们只需要短句，要驱除形容词和副词，类似普鲁斯特和福克纳小说中的复句其实更加考验写作者的智商和通感能力。而描写已知世界时，视角也是一个不容忽视的问题。当全知全能的上帝视角被我们视为腐朽和低端时，有限视角的运用让我们不得不舍弃懒惰的叙述，从而掌控一种既要束手束脚又要表现得自如舒展、优雅从容的能力。

对未知世界的描写似乎更加依赖我们的想象力。当我们想象他者的生活时，我们既获得了一种创造的权利，同时又担负了道德限制的义务。我们不能轻浮地、功利性地去想象他者的世界，而是要在符合生活逻辑的最大范畴内还原他者的生活。

而我们在阅读当下的中国小说时，常常会发现写作者不经意间对他者的想象力既僭越了生活逻辑，也僭越了小说逻辑，我们很轻易地就抛弃了想象力的道德约束，变成了一个背德者。当我们兴致盎然地构建情节时，往往忽略了对他者的尊重，这种不尊重不仅体现在构建能力缺失，也体现在写作者思维方式的陈腐与惰性。纳博科夫认为，艺术生产与艺术想象是对他人意识的戏仿，戏谑的背后是对他人存在的深刻共情，而不是将真实的生命作为文学形象的拙劣刻写与复制。艺术家必须创造出不为个人私欲所主宰的形象，否则人类的幻想只会发挥出独断专行的负面力量。虽然纳博科夫的观点跟他在小说中的实践多少有些背离与出入，但是我觉得他真实地道出了小说与想象力的关系，那就是，当我们在想象已知世界里的"未知世界"时，我们面对的不仅仅是他者的心灵，更是自我的灵魂图谱。

《过香河》这篇小说，它有我对已知世界的日常描述，在这个描述过程中，我时常感受到一种放肆的快慰。因了这种快慰，我不得不中途停笔半月——我怕过于顺滑的叙述会诞生油腻感——已知世界里的"已知世界"，充斥着油盐酱醋茶，我从来都认为，其实每个写作者均对这个描摹过程充满了警惕。当然，这篇小说也有我对已知世界里的未知部分的盲目创造，它涉及微弱的想象力——过于强盛的日常生活会将一切飞扬的动力涂抹上锈痕，这关乎我们对日常生活道德的遵从，也关乎我们懦弱的天性。

这篇小说的名字，是聊天时王继军兄想到的。当我偶然提到这个动宾词组时，他说，这是个不错的小说题目。他说话慢声慢语，仔细辨听，又似乎充满了某种不确定的确定性。

逍遥游

短暂的时光，浓烈的美酒

　　每年春节家宴，母亲都会提前两天动手。她年逾七旬却目光如炬，豪情不减当年。据说她十九岁那年当上了村妇女主任，凌晨三点带着"铁姑娘们"偷偷去浇大队的白菜地，天亮回家时，肩膀都被扁担压肿了。我三岁那年，她抱着胖如猪崽的我脸不红气不喘地登上长城，老外都忍不住朝她竖大拇指。每逢家宴，她先戴花镜列个菜单，我和弟弟批评她菜品总是"老三篇"，故而每年她都要琢磨着换一两道菜肴。父亲蹬着三轮车从市场买来各色食材，战争的号角才真正吹响了：该炖的小火炖，该熘的大火熘，该上糖色的上糖色，该拼冷盘的拼冷盘。一双手是忙不过来的，儿子、儿媳都要系着围裙戴着帽子齐齐上阵，侄女、外甥女、外甥媳妇也不敢疏忽大意，晓得这是关键时刻，通常提前半天赶到，择木耳的择木耳，洗海蜇的洗海蜇，连洗带涮，呼哧带喘，谁也不敢当甩手掌柜。好吧，母亲是这个大家庭里的撒切尔夫人，她把所有的孩子都当成了自己的孩子疼爱，给他们做棉衣棉裤、扎鞋垫、缝礼帽，自从习练书法后，家家的客厅里都挂她的大作。如此种种，自然人人爱戴。

一般都是六桌，孩子们两桌，姑爷们一桌，外甥们一桌，侄子们一桌，女人们一桌。小小的厅堂成了流水席，这桌刚抹完嘴皮子上的油脂，那桌的新菜就热气腾腾地端上来了。姑爷们自然是贵客，由德高望重的二姨父和老爸专陪。既然是贵客，酒自然跟我们别桌的也不同。老爸会爬到二楼，在他的储藏室翻来翻去，最后拿几瓶国窖1573摆放在姑爷们的桌上。姑爷们喜笑颜开，说，老姨夫可真大方，这么好的酒给我们喝糟蹋了。老爸嘿嘿笑着说，好酒不给姑爷喝，给谁喝呢？我们旁桌的只能讪讪地将自己的酒杯斟满。我们一般都喝普通的泸州老窖，百十块钱一瓶的样子。不过嘛，味道也好得很。姑爷们酒量普遍不行，也许酒量好，只不过姐姐们趁着端菜的机会虎视眈眈地巡视他们，间或从他们腰上狠狠掐两把，他们才故意装出那副不胜酒力的模样吧？好吧，我们这个家族最大的优点就是，姑娘们普遍长得漂亮，都能当家做主。这样也好，姑爷们的酒通常会剩下，我们这些儿子侄子外甥当仁不让地一把拎过酒瓶，每人斟半杯，吱咋火燎地喝起来，边喝边开着姐夫们的玩笑。

泸州老窖就这么跟节日、家宴、牵扯不断的亲情以及烟熏火燎的俗世生活奇妙地联结到一起。说实话，河北省也是产酒大省，衡水有老白干，承德有避暑山庄，张家口有沙城老窖和长城葡萄酒，唐山有曹雪芹家酒和罐头山，秦皇岛有迎驾酒，就连曹妃甸都有曹妃家酒。可大家都极少喝家门口的酒，最受欢迎的还是泸州系列。个中缘由还真是值得探究。泸州老窖品牌众多，兼及高档酒和中档酒，每逢春节，超市里各种酒类大战，西凤汾酒洋河泸州茅台，卖得最好的还是泸州老窖。我以前有个同学做 ISO9000 认证，后来不知怎么去卖酒了，都是从泸州进酒基，再高价聘请师傅勾兑，产品行销唐山十六县区，卖来卖去就卖成了有钱人，前些年从北京海淀和朝阳买了不止五六处房。我们这些同学很是艳羡，不过各人有各人的命，还是老老实实地当我们的公务员、卖我们的汽车、写我们的小说、架我们的电线。逢年过节同学聚会，他都会主动带酒，当然，带的不是勾兑的那种，而是国窖1573。他说，这酒绵甜爽净、柔和协调、尾净香长，不容易醉，你们敞开喝。我们顿时觉得他是真正的聪明人，良心还不坏，喝酒的时候也不怎么灌他。

真没想到有一天会随《十月》杂志社来参加泸州老窖"高粱红了"文化采风活动。不难想象一个嗜酒之徒内心赤裸裸的狂喜吧？当我们到达红高粱种植基地，这种狂喜旋尔变成了一种乡愁。小时我在农村长大，家里养着猪，七八岁要去高粱地挑菜，蒲公英、荠菜、紫云英、车前子、秃萝卜丁、野艾蒿、灰灰菜、马齿苋这些都是常见的野菜，见到一株茂盛高大的野菜，会高兴得叫出声。可以说，乡村生活让我对庄稼、对植物、对飞来飞去的昆虫有种天然的怀想。而关于高粱的记忆，跟爷爷养的那头灰毛驴有关。这头灰驴看似蔫头蔫脑，却有一个巨大的胃。整个暑假我跟老叔都在为了它的口粮奔波。而我们最喜欢去的就是高粱地。除了高粱地里的野菜，关键的还是高粱叶子是灰驴最得意的食物，在我看来，类似于小时候家里穷，只有过年才能吃的红烧肉。打叶子是有讲究的，那就是只能打自己家田里的。爷爷种的高粱是冀东平原常见的那种，个儿高，秆细，高粱花大而散淡，叶子狭窄。将一片片叶子从高粱秆上劈下来，满鼻都是清幽之气。

而泸州老窖酒厂高粱基地的"国窖红1号"，跟故乡的高粱明显不是同一品种，株株苗壮，那高粱穗犹如微型火把连成一片，远远望去似绿洲之上燃烧着野火，让人窒息，也让人兴奋。我攥了把镰刀开始割高粱。这是技术活，没干过的即便给他一把世界上最锋利的镰刀，也不一定顺手。高粱花落了一肩一鼻，刹那间又想起了少年时跟爷爷干农活的情景。等体验环节结束，我还是舍不得放下手中的镰刀。听导游介绍，这里二十万亩的红高粱是有机糯红高粱，为酿造泸州老窖的最佳农作物。泸州位于北纬二十八度，是长江、合江交汇之地，气候温和，降水量充足，主导风向西南风，这种气候注定能孕育出地域性独特的红高粱。为了保证高粱的品质，他们从来不施农药，只是使用杀虫灯杀虫。

离开红红火火的高粱地，我们参观了酿造车间。导游说，从高粱到白酒，要经过开放式操作生产、多菌密闭共酵、续糟配料循环、常压固态甑桶蒸馏、精心陈酿勾兑等工艺程序。而我们在车间里见到了传说中的1573国宝窖池群。这个窖池群始建于明朝万历年间，距今已经有四百五十余年，是中国历史上建造最早、保存最完整、持续生产使用最长的窖池群，堪称"中国第一窖"。我家家宴上姑爷们喝的国窖1573就是在这里酿造的。我赶紧拍了几张照片，给老爸发了过去。参观完窖池群，我们又到实验室亲自体验了勾兑白酒的工艺流程。每人的桌前都有一套玻璃容器，有量杯、酒盅、针管，这些容器就像化学实验室里的器皿，透明洁净，散发着酒精的味道。在指导老师的授教下，我们都开始按照自己的口味来勾兑白酒。每人都发了一张单子，上面写着配方编号。基础酒有两种，一种是三年洞藏，一种是五年洞藏。而调味酒分为三种，一种是二十年洞藏，一种是三十年洞藏，还有就是五十年洞藏。指导老师提醒我们，基础酒不能超五十毫升，而调味酒不能超十五滴。好酒之徒的私心是遮掩不住的，我开始的配方里，基础酒五年洞藏放了三十五毫升，调味酒五十年洞藏放了七

逍遥游

滴。我以为这样的配方味道会更醇厚,结果出乎我的意料,配出的白酒辛辣无比,缺少缭绕回味的香气。我赶紧按照指导老师的建议修改了自己的配方。据说,酒厂会按照我们的配方配制两瓶赠送我们。

从窖池到藏酒洞,我忽觉这酿酒之道与写作似乎有着千丝万缕的相通之处。小说的形成无非是体验生活、发酵生活、提炼生活、反思生活的过程,这与泸州老窖的种植高粱、配糟入窖、固态发酵、酯化老熟、泥窖生香等工艺程序在质上何其相似。尤其是勾兑白酒的玄妙之处,与小说创作的叙事技巧异曲同工,多了,就是苦酒,少了,味道不足,只有成熟的工匠才能恰到好处地完成。这些生活和美酒的酿造者,都需要纯朴之心、敬畏之心,在苦热与潮湿的催化中,在水与火的纠缠中,在呼喊与绝望的等待中,创造出有生命的文字,酿造出传世的美酒……或许,万事万物皆是如此的道理吧……胡思乱想时身边的朋友提醒道,喏,这吨酒是私人窖藏的,猜猜多少钱?三百六十万呢。我听出了一身冷汗,赶紧自我安慰,好好写作吧,攒足了钱也来这里买上半吨。

若干天后,我收到了泸州老窖酒厂邮寄来的礼物,那是按照我的配方酿造的白酒。我没舍得喝。说实话,我倒是有些盼望新年早早到来了,这样跟姐夫们喝酒的时候,可以好好给他们讲讲泸州老窖,讲讲那里的红高粱、那里的窖池群以及与之相关的传说。说实话，时光短暂而冷漠，有亲人相伴，高粱酒热烈而持久，有好友分享，真是不错。

风景与时光

坐了很久的大巴，盘了很久的山路，终于抵达了大窝社区。这是个半山腰上的社区，虽已三月下旬，硕大饱满的白玉兰仍然盛放，蜜蜂嗡嗡，粉蝶翩然。我们顺着小路慢行，路两侧是老式民居，白墙灰顶，颇有徽派味道，民居旁是耀眼的油菜花。油菜花北方罕有，每次看到都会让我心房一颤。是的，那种成片成片明艳的浅黄色在阳光下肆意奔流，即便最阴暗的角落也被染抹出光亮。普通的植物，普通的人，看起来不打眼，可往往能抵达人心最隐秘的角落，散发不可思议的光，将内心暗处照耀。

除了油菜花，便是桃花了，一丛丛的，夹杂在叫不出名字的植被间，探头探脑，在眼前倏地一亮。这里的桃花比北方的淡，近于粉白，野风一吹，兀自坠落。

走着走着豁然开朗，小路左侧赫然出现了一个巨大池塘。池塘依山而建，四周植了柳，说实话，在川渝似乎很少看到柳树，此时才顶了苞芽，在山风里摇曳。沿池塘上行，是一个个阶梯状的水池，左春水右春花，不远处是青黛色的群山，仰头，是蓝得透亮的天空。"大窝景区"四个字刻在一个造型纯朴奇特的铁制牌楼上，左书"青龙白龙朝青龙"，右书"金窝银窝看大窝"，气势磅礴。路一转，又是散落的民居。一位老人刚和邻居聊完天，看到我们便颔首微笑。我不禁跟她闲聊了几句。她说，自己种菜种粮，吃喝不愁。"空气比城里好。"她笑着说。我问起她家里的情况，她说，丈夫以前是矿区工人，二十多年前去世，儿子前些年也走了，如今只身一人。"他们在那里。"她指了指房屋前的坟茔。我问她身体如何，她说最近腿疼，走路吃紧。我刚好随身带了点现金，便强塞给她，叮嘱她去卫生院买药。等我转弯时回望，她还在朝我频频摆手。

"快看！"同行的友人提醒我，原来不知不觉间已走到悬崖边。让我惊奇的是，就在崖边，竟然有一个足球场，塑胶场地，四周用铁丝网围罩。要在这里踢场足球，那不得爽爆！我赶紧拍了数张照片，发给以前足球队的队长。这时友人说，足球场建成后有人非议，说危险，怕球踢到山涧。我对这种说法难免嗤之以鼻。怕这怕那，被窝里躺一辈子就好，为何还要去外面看世界？说说笑笑间，便发现了露天游乐场，另有悬崖秋千和屋顶巨镜。站在镜上眺望，山峰层峦叠嶂，天上白云朵朵，脚下朵朵白云，恍惚间身处四维空间，似是站在时间之外凝望着自己。

中午在海豚湾的一家农家乐吃饭，听社区的书记聊起大窝社区，才知道了它的前世今生。

大窝位于奉节青龙镇。奉节呢，古为夔州，境内河流众多，有五江一河，即长江干流、大溪河、长滩河、草堂河、朱衣河，而大窝所在的青龙镇则是山区。这里之所以繁盛一时，是因为曾经有过一家硫黄厂，顶峰时职工人数达三千六百人，全盛时期硫黄年产量达七千两百吨。资源的过度开采使土地长期受硫黄侵蚀，酸性严重，导致植被荒芜，庄稼歉收。2015年硫黄厂关闭，众多工人择业无门，前途渺茫。阵痛是难免的，可是，伤害往往孕育着希冀。面对满目疮痍的荒山，大窝社区走上了生态产业的发展之路。他们以柏树、落叶松为主，改造荒山四千多亩，造林两千五百多亩。十年的披荆斩棘，十年的泪水汗水，使大窝社区的森林覆盖率达到了百分之九十。他们还饲养高山冷水鱼三十多万尾，种植石榴、芍药、脆李三千七百亩，保护了青山，造就了美景。春天赏花，夏天游水，秋天摘果，冬天赏雪，并先后打造出望月湖休闲游乐区、海豚湾自然观光区和爱情堡极限体验区。每年接待游客十万人，旅游收入五百万元，群众吃上了"生态饭"，"老矿区"蝶变为"风景区"，还被评为"全国生态文明村"和"全国美丽休闲山村"。

吃着老板娘亲自炖的走地鸡，听着书记亲口讲的故事，大家不禁憧憬起大窝社区的明天。

离开大窝，乘船过夔门、白帝城，便抵巫山境内。巫山这个名字，还真是如雷贯耳，除了元稹《离思》中的"曾经沧海难为水，除却巫山不是云"，更有李白"昨夜巫山下，猿声梦里长。桃花飞绿水，三月下瞿塘"。导游说，巫山春秋时期为楚国巫郡，秦汉改郡为县，距今两千两百九十九年，可以说，远古文化、巫文化、巴楚文化、神女文化、三峡文化在此交相辉映。

夜宿巫山，甚是难眠，翌日上午，先游神女溪。溪是长江水，犹如凝滞碧玉，绿得让人心醉。游船缓慢行驶，碧玉破碎，涟漪四散，须臾复滞。两岸的山并不高魁，山壁大都是灰褐岩石，一层叠一层，仿佛在天地间独自诉说着往事。"巫山四面屏无二，却望东南欲滴翠。碧色分明云母光，清辉掩映琉璃器。"神女峰就在遥远的天边，肉眼可见。忆起2015年深秋，曾从宜昌登船至重庆，路经三峡神女峰时天降大雾，错过了，不承想这次终于见到真面目。看到神女峰难免会想到舒婷的那句诗：沿着江岸/金光菊和女贞子的洪流/正煽动新的背叛/与其在悬崖上展览千年/不如在爱人肩头痛哭一晚。不知神女是否也有如此想法？

中午要在青石村神女苑午餐，船舶靠岸时偶遇长江水质监测队的队员，他们正在取水检测。同行的巫山县朋友介绍说，他们对长江入河排污口统一实行分类、命名、编码管理，目前已完成六十五个排污口的整改，农村人居环境整治村配套污水管网建设十五公里，污水处理率达到百分之八十六。他们还实施了"两岸青山·千里林带"重点工程，对红岩子滑坡、江东嘴库岸等进行了整治。我们问，现在还能捕鱼吗？他说，长江水系禁渔十年，他们号召群众做到水中不捕、市场不卖、餐馆不做。我们问，那些靠捕鱼为生的渔民怎么办？他笑着说，这些我们都事先考虑到了，为了解决渔民生计问题，政府完成了三百多条渔船的退捕上岸工作，统筹解决渔民的生计问题。

辞别神女峰，直奔小三峡。初始绝壁高耸，两山对峙，胜似夔门。李贺曰："碧丛丛，高插天，大江翻澜神曳烟。楚魂寻梦风飔然，晓风飞雨生苔钱。瑶姬一去一千年，丁香筇竹啼老猿。古祠近月蟾桂寒，椒花坠红湿云间。"此言不虚。行至巴雾峡，峡内怪石嶙峋，碧流静淌，造型诡异奇崛的钟乳石迎面而来，仿若天然雕塑。在悬崖峭壁之上，偶有黑魆魆的石洞，导游说那便是悬棺，距今已有两千年。濮人的子孙为了尽孝，在父母亡故后，在临江高山半肋上凿龛埋葬，利用山上悬索下柩，龛口越高，子孙越孝顺。古人的孝心和智慧让人惊叹。

站在船头呆看风景，犹如身置仙境，等山峰苍翠，竹木青绿，才知到了滴翠峡。我们在风中似乎听到了锦鸡的鸣叫声，导游说，小三峡拥有多种珍稀植物，譬如珙桐、杜仲、红三叶、金橘、桑、辛夷、香樟、重阳木。珍禽异兽更是不胜枚举：山中有金丝猴、鬣羚、牛羚、白唇鹿、红腹角雉、虹雉、猕猴、金猫、灵猫、猞猁、獐、马鹿、斑羚、白冠长毛雉、红腹锦鸡；水中有鸬鹚、苍鹭、绿翅鸭、中华鲟、长江鲟、胭脂鱼、大鲵……我向来喜欢将美好的风景分享给亲朋好友，连忙拨通了儿子的视频，将这天下奇美之境向他展示。我们都没说话，此时说话的是绿油油的长江水，是层峦叠嶂的奇峰异石，是两岸生就的风声，是山腰间缭绕的薄雾，是密林中隐隐传来的鸟叫，是古代贤哲诗人们踟蹰巫山时的叹息，是伟大的汉字在天空中书写诗篇时的墨汁滴落声，是当代环保者在岸边水上奔走的脚步声……

　　天将傍晚，我们行至大昌湖。此时山峰邈远，若隐若现，水汽与雾气纠缠弥漫，岸边小舟独系，叫不出名的白色水鸟擦着江水翩然飞起，隐入云雾端。人世间，该没有人能用语言、用笔墨将此景描摹，我站在船头也失语了。等行至岸上坐于湖边，身旁是疯狂的油菜花和吹弹得破的梨花，几株老桃矗在远处的风中，花瓣坠入静水，又随波纹远逝。也算是个走南闯北的人了，见到过的风景里，唯此处最让人心安。

　　那晚，在大昌古镇的土菜馆吃到了从未吃过的糯米蒸羊肉，随后乘车入住平河度假村。及至宵夜，雨滴梧桐，听着小饭馆门外的溪水流淌声，与相熟的老友和才结识的新朋觥筹交错，真是不负春光韶华。便想，那些最好的时光，就是在这最美的风景里诞生，白驹过隙，人随风过，剩下的，唯有这大美河山。转念想，如此撩人春夜，还是须尽欢为宜，难免又多饮了几杯。想想翌日要去当阳大峡谷，这心便又开始雀跃了。

2023 年 5 月 9 日

关于桥的三个关键词

握　　手

去大发渠特大桥的那天，天空有些阴沉，仿佛要下雨的样子。我们的中巴车在山间绕来绕去，若是从高处看，或许像一只谨慎爬行的蜗牛吧？对我这样来自平原的人来说，绵延的群山是如此的雄阔而神奇。我的故乡一马平川，站在原野里能看到浑圆的天际线；而在这里，一山挽着一山，一山望着一山，一山守着一山，氤氲雾气与白色云朵在峰顶或山腰袅袅逸散流淌，满目的苍绿中不时传来鸟的鸣叫声，间或途经河流和小溪，水色澄碧，岸上开满了野花。没错，这里的空气是甜的、润的，完全没有北方的干燥和溽热。

"大发渠特大桥啊，就在团结村。"旷总说，"团结村就是黄大发的家乡。"他环视了一圈车厢，然后微笑着问我们，"知道黄大发吧？"

我们当然听说过黄大发。央视正在播出由他的事迹改编的电视剧。他既是"七一勋章"获得者、时代楷模，又是感动中国十大人物、全国道德模范。20世纪60年代起，他带领群众历时三十余年，靠着锄头、钢钎、铁锤和双手，在绝壁上凿出一条长九千四百米、地跨三个村的"生命渠"，结束了草王坝长期缺水的历史，乡亲们亲切地把这条渠称为"大发渠"。而大发渠特大桥，就在这个传奇性人物的故乡。大发渠在2020年就被列入国家水情教育基地。

"这座桥的主拱是去年七月合龙的。"旷总平时不善言谈，只有唠起这些桥啊、隧道啊、公路的时候，脸上才会荡漾出掩饰不住的笑容。毫无疑问，这是骄傲的笑容。他是贵州高速公路集团有限公司的副总经理、党委委员。"桥建成了，仁遵高速也通车了，从遵义到平正二十分钟就到了。"他的普通话带有浓重的贵州口音，如不细听，只能一知半解，有时他会特意放缓速度讲话，"在团结村开设的落地互通路，会跟苟坝、花茂相连，辐射芝麻镇、松林镇、喜头镇和坛厂镇，惠及十多万老百姓呢。"

修桥的好处自不必多言，在群山之巅，于大河两岸，人是最渺小的，与大自然那些野生动物相较，难免显得笨手笨脚：爬山路没有赤狐和豹猫灵敏，游泳没有黄颡鱼和斑鳜快捷，更不可能像白额雁和银耳相思鸟那样无拘无束地在天空飞。幸而人并非呆头呆脑，他们是最聪明的灵长类动物。这座大桥修建好之后，无疑能促进当地的旅游产业迅猛发展，因道路不畅导致的农土特产滞销问题也会迎刃而解。一句话，这座特大桥，将为沿线的百姓脱贫致富提供重要的交通保障。

"到了，到了，"旷总说，"看见没?"

我们从中巴车上鱼贯而下，这才发现对面就是听旷总讲了一路的"大发渠特大桥"。尽管我游历的地方不少，也见过形形色色的桥，可还是被眼前的这座桥镇住了。这是一条笔直的白色桥梁，它跨在两座山峰之间，又跨越了无数的山包，一直伸展进浓雾之中，让你不知道它到底有多长。而它身下是条红色拱形桥，大抵是作承重之用，远远望去，大发渠特大桥犹如一条在彩虹之上遨游的白色巨龙。导游小张说，这座桥全长一千四百二十七米，主跨四百一十米，桥宽三十三米，是预应力砼先简支后结构连续 T 型梁，上承式钢管混凝土拱桥，主拱共设有五十六个节段，主桥上部结构安装采用了缆索吊装、斜拉扣挂工艺施工。这座桥修建的难度在于，由于遵义岸边山坡均为顺层边坡，为了避免爆破对岩体扰动，在开挖拱座过程发生部分滑坡，不得不先对遵义岸边山坡进行了变更处理，这才进行施工。

他的这一番专业介绍尚在让我们回想之际，不远处已聚拢了不少人，应该是在此等候的工地人员了。更让我们意外的是，黄大发老先生也来了。他个子不高，满脸皱纹，可目光澄亮，完全看不出是位八十七岁的老人。当我上前与他握手时，才发觉他满是老茧的手犹如老虎钳般有劲。大家正在畅聊之时，忽狂风大作，憋了半天的雨终于咆哮着落下。这里的气候委实恶劣。旷总说，无论是满天飞雪的冬天，还是细雨绵绵的春天，或是在疫情不断反复的情况下，大发渠特大桥工程从未停过工。我看了看黄大发老先生，又看了看在雨中忙碌的工人们，心头忽然一酸，倏地又一热。

雨越下越大，等我们上了中巴车，疾步奔过来一位戴着安全帽的年轻小伙。他握住旷总的手说着什么。暴雨如注，我看不清他脸上的表情，只能看到旷总脸上的笑容。等他们挥手作别，小伙子很快消失在暴雨群山中。我问旷总："这是以前的同事吧？"旷总摇摇头说："不是，这是我儿子。"我好奇地问："你们是同行？子承父业啊？"他沉默了会儿，笑着说："他坚持要来一线。他很久没回家了。"

他说得云淡风轻，我脑海中却不禁浮现出"传承"二字。没错，手艺可以传承，热爱也可以传承。等有时间了，一定要仔细听听老旷的故事，再听听小旷的故事。在老故事和新故事的更迭中，肯定隐藏着交通人将"地无三尺平"的贵州变"平"的秘密吧？

牵　手

金烽乌江大桥长一千四百七十三点五米，主跨六百五十米，是贵州省内第一座采用预制索股法施工的超宽钢桁梁悬索桥。

如果说我们只是远远眺望了大发渠特大桥，那么和金烽乌江大桥则是进行了一次亲密接触。

这座桥的主桥为单跨简支钢桁梁悬索桥，主塔边跨分别为二百一十八米、一百八十八米，主缆中跨为六百五十米，主塔塔高分别为一百米、一百零五米，主梁采用钢桁加劲梁。项目自 2020 年 10 月进场开工以来，面临着锚碇深基坑开挖、锚碇混凝土方量大、主塔施工高度高、主桁构件运输难度大、钢桁梁与桥面板构件多、环保要求高等诸多困难。通过项目领导班子多次进行方案对比，最后采用了大体积砼智能温度监测及控制系统和 BIM 等技术控制。目前大桥已竣工。

站在桥上，作为一名风景饕餮者，我首先感受到的是此处山水的美艳。从桥上俯瞰，两岸是郁郁葱葱披着翠衣的群山，群山之间，便是碧绿幽深的乌江了。如果说这里美如三峡，倒一点不为过。而这座跨河大桥，真正做到了将天堑变通途。桥上的解说员是位面相憨厚、朴实率真的年轻人。在细雨中他颇为耐心地用最普通易懂的词汇为我们这些门外汉讲述着关于这座桥的种种，如数家珍。导游小张悄声跟我说，他就是这座桥的总工程师李钊。

到了会议室，李钊和一位身着白衣的女士一起坐在荧幕前，估计是要继续为我们讲述关于乌江大桥的故事。"我叫秦桂芳，以前是参建这座桥的四公司的总工，现在调到了集团总工办。工程快结束的时候，"女士扭头指了指李钊，"由他来接任。没错，我是前任，他是现任。"大家都笑了。这时交通厅李副厅长笑着说："给大家讲讲你们的故事吧。"

一座桥的前任和现任，除了与桥相关，还能有什么故事？这时李钊说："我和桂芳，以前是同学，现在是夫妻，也是同事。"

原来，李钊和秦桂芳是贵州路桥集团有名的伉俪。在校园相识相爱的他们，为了建设家乡交通事业，毕业后毅然携手返回贵州，投身交通领域。他们既是恋人，又是"战友"。他们的故事，是关于"牵手"的故事。

第一次牵手，是缘于爱的箴言。

第二次牵手，则是缘于广州新光大桥工作。初入职场就能参与国家级重点工程，小两口在激动之余倍感压力，每天如饥似渴地跟着前辈学习桥梁建设知识，最终掌握了深水基础和大节段拱肋垂直提升等桥梁关键技术。

第三次牵手，是新光大桥落成后，两人全身心投入到中山市小榄特大桥的施工工作。在中山，已经熟悉工地节奏的两人完成了拱圈节段缆索吊装、卧拼施工、拱圈竖转施工等各项施工方案的编写并成功实施。

第四次牵手，就是这次建设贵金十标金烽乌江大桥了。为了攻克技术难题，"前任"秦桂芳以技术创新和课题申报为着力点，带领团队确立了《悬索桥主缆索股预应力锚固系统管道灌浆改进技术研究》《高应力及高疲劳应力幅下悬索桥主缆索股拉杆及其组件受力性能研究》等六项课题，在稳定有序推进大桥建设的过程中，深入课题研究。而"现任"李钊则接过妻子手中的接力棒，顺利跑完最后一段赛程。秦桂芳在大桥前期投入了大量精力，对大桥有着深厚的感情，李钊对秦桂芳说："相信我，接下来的钢梁吊装，我们一起努力！"

入职十八年来，夫妻二人共取得发明专利及实用新型专利二十项，获得过国家级"李春奖"、五项省级公路学会科技奖、两项"黄果树杯"集体奖、"年度建设工程优质奖"集体奖、省级土木建筑工程科技创新奖一等奖。此外，还获得国家级"优秀项目总工程师"、贵州省建设工匠和"最美劳动者"等荣誉称号以及贵州省"五一劳动奖章"……

荧幕前，李钊还在不紧不慢讲述着关于桥梁的故事，中间，秦桂芳会时不时补充两句，偶尔两人对望，会心一笑。这是伴侣间最美好的笑容了吧？这笑容蕴藏着关于情感的种种解读：心有灵犀，举案齐眉，比翼双飞……

并　肩

我们这辆车的导游是个叫张明明的小伙子。他是省交通厅下属单位的一名员工，这次特意抽调过来，为我们做解说。

第一天，他为我们介绍了贵州交通翻天覆地的变化，十年来，贵州实现了从"西南地理枢纽"到"西南陆路交通枢纽"的历史性跨越。讲完后他笑着说，今天是我爸爸的生日，每年的这一天，我都会跟妹妹回家给他祝寿。今天，我和妹妹都没法回家了，但能够为各位老师做导游，让各位老师更深入地了解贵州是如何变"平"的，我觉得特别荣幸骄傲。大家关切地问，为何妹妹也回不去？他说，我妹妹也在交通部门工作，她今天值勤。

这是个勤快伶俐的小伙子，手脚不闲，每到一处，都会热忱地为大家端茶倒水。作家向来自由散漫惯了，一会儿这个不见，一会儿那个又被某处美景羁绊没了踪影。他总是谨慎地走在队伍末端，或清点人数，或寻找那些"失踪"的人。吃饭时也吃不安生，往往是糊弄两口就去准备资料。更让我们惊讶的是他纯熟的业务能力，每到一处，无论是大桥、隧道还是收费站，他都能侃侃而谈，详细介绍着相关的情况和数据。他还是个优秀的主持人，采风最后一晚，他在鸭池河畔主持了一台大型晚会，台风不输于专业人士。

后来我才知道，他以前在区宣传部外宣中心工作，妹妹张琴 2013 年考进综合行政执法支队，2015年，他也随后考进，和妹妹在交通系统并肩"作战"。虽然公务繁忙，和家人更是聚少离多，可他脸上总是挂着自信坦诚的笑容。那日中午途经一座收费站时，他突然一改往日稳重的模样，孩子般兴奋地朝窗外不停摆手。"我妹妹！"他笑着说，"我看到妹妹了。"原来，这天张琴被抽调来参加服务保畅的值守任务。等我们朝窗外看去，只看到一个女孩模糊的背影。

小张立在车门处，还在摆着手，仿佛夏日一棵笔挺的白杨树。

绿谷的秋天

　　"嚯!"一声惊叹把我从浅睡中惊醒，连忙从车窗望出去，却是稻田。老家在冀东农村，稻田见得多了，也算是干农活的一把好手，栽稻放水、除稗施肥、割稻收粮还算通晓，但是眼前的稻田绵延起伏，一直蔓延到天的尽头，仿佛是金黄恣肆的油彩泼洒在了大地上，委实让我愣住了。更让我惊讶的是，路旁全是淡粉色的格桑花，一丛一丛，一片一片，像是给黄金镶嵌了温柔的浅边，就舍不得将目光挪移开了。车在路上缓慢地行进，一路尽是未收割的粮食和花朵相伴。格桑花单看起来明朗温静，却未免有些单薄，可一旦密密麻麻成群成丛，便有种欢快磅礴的气势，恍惚间我以为到了内蒙古草原。在我印象中，这种生命力极盛的花朵，总是跟高原上的河流、牛粪、羊群和白云相随，在平原，倒还从来没有见过如此热烈的格桑花。它们在秋天的阳光下怒放，引得蜜蜂跳着八字舞，欢快地从一朵花跳到另外一朵花。我仿佛听到了它们嗡嗡嘤嘤歌唱的声音。

一路上花香流淌，稻田相伴，犹如身置无边乡野。我瞬息明白，这里便是津南区的八里湾了。关于八里湾，即便是对于我这样移居天津不久的居民，也并不陌生。电视里、新闻里、抖音快手上，总是能听到它的名字，看到它的身影，仿佛它已经变成了我的一个远房亲戚，等着我去拜访探寻。

车继续前行，稻田、花朵、蜜蜂和蝴蝶渐渐消失，放眼望去，变成了绿色的海洋。一株株还不算壮硕的树木连成了绿色的长城，迤逦壮观。还未从懵懂中醒来，我们已然到了瞭望塔，大家鱼贯而下，青草气息迎面袭来。极目四望，世界变成了一个绿色葳蕤的圆。没错，在天的尽头是绿色，在云的尽头是绿色，仿佛连梦的尽头都是绿色了。我向来对植物充满了好奇，最大的愿望并非是当一名小说家，而是当一名博闻强识的植物学家，遍游祖国山川，访尽天下绿植。我看了身旁的植物，有海棠，有紫薇，有国槐、白蜡，有榆叶梅、三角梅，还有些不认识的花草，用形色软件识别了下，却是金叶佛甲草和金银木。正在剪枝的园丁见我一副好奇的样子，便说："这里的树多着呢，差不多有六十万棵。"

瞭望塔矗立在眼前，怎能不御风登临？随大家欣欣然上了塔顶。它不算高，只有三层，但是造型精美。站在塔顶，极目四望，四野景物一览无遗，这才发现，最里层是高矮不一的灌木和乔木，在秋日的午后，绿色是有层次的，浅绿、深绿、墨绿。紧邻绿色的，是蓝色——那是一条宽阔平静的河流。河流的外侧，仍然是树木，树木与树木的倒影在河水里交错缠绕，涟漪耸动，树影间是晃动的蓝。外侧林木的后身，是金黄色的稻田，我想，那可能就是我们方才经过的地方。稻田与天际线的交界处，是影影绰绰的高楼，那里，该是居民生活区了。这幅如画长卷怎么能不让我们感慨？

这时热心的导游介绍说："以前啊，可不是你们看到的样子。这里有一百来家金属制造厂、造纸厂、阀门制造厂和镀锌、钢丝绳制造企业，另外，还有六千多座坟茔和五百多户非住宅户。这几年啊，政府总共清除了二十四万平方米的建筑面积，改造了三百二十个废弃的鱼塘虾池，通过水系连通工程，如今形成了四十来个湖泊呢。"这时有人感慨道："真是个有水有林的好地方！"导游笑着说："没错，我们的目标就是有河有水，有鱼有草，人水和谐。"

导游继续热忱地为大家介绍八里湾的详情，我则不禁想起前段时间看到的新闻：从1850年到2019年，全球平均温度上升了一点一摄氏度。天津市自2018年启动绿色生态屏障建设后，与北大港水库、七里海湿地相连，形成贯穿南北的生态带，生态效应凸显，中心城区东南部降温零点二至零点四摄氏度，增湿百分之二，"超大热岛""超大干岛"被"拦腰隔断"。

来天津之前，常听朋友们说，天津只有冬天和夏天，没有春天和秋天，且常年干旱少雨，冬天也几乎没有降雪。可在天津居住了两年，感觉并不是他们说的那样，尤其是今夏，雨水频繁，我家南边的南翠屏公园，水位上升了有七八厘米，几对黑天鹅夫妇春天孵化的七只小天鹅，体型跟它们的父母已相差无几，它们经常游到岸边晒太阳。我想，丰沛的降雨除了跟自然气候有关，肯定也得益于绿色生态屏障。可别小看零点二到零点四的降温，它能形成丰富的空中云水资源。我想过不几载，八里湾的树木就能长成森林了，到时候，市区的居民和慕名而来的远方游客，一定会将那里视为人间仙境吧？

这时导游笑着说："我们津南绿色生态屏障的空间布局，是'一核、三片区、七廊道、九节点'。以后这里就是'中央绿核'了，欢迎大家常来天然氧吧吸氧洗肺。"

恋恋不舍辞别八里湾，我们又乘车到了西青区王稳庄。这次，我们一脚踏入了稻田的海洋。甫下车，浓郁的稻米香气先就扑鼻而来，身边的朋友边大口呼吸边惊喜地说道："太诱人了！像是新米煮的饭，刚掀锅的味道。"她的比喻过于形象，我感觉自己的喉咙下意识地吞咽了两下。而大家也都雀跃起来，久居都市，这两年因疫情也未曾出门旅行，眼前的景象怎能不让他们欢欣？有好几位游客，真的像孩子般欢呼着蹦跳起来，也许，他们想到了久别的故乡，回到了斑斓的童年？公路两侧是一望无垠的稻田。没错，除了"一望无垠"这个通俗的词汇，我真的词穷了。曾随团去波兰和意大利进行文化交流，它们是欧洲的农业大国，无论是坐长途大巴从西西里岛奔往那不勒斯，还是穿行在华沙到克拉科夫广袤的农田间，都不曾见过如此壮阔迷人的景色。已经有不少人忙着合影留念了：有的蹲蹴在马路边，有的憨坐在田垄上，还有的做出镰刀收割稻子的动作。欢声笑语中，我随着大家登上了瞭望塔。

上了塔，才知道别有洞天。俯瞰下去，竟然有个硕大的稻田圈。一条红船引航，后面是用黄菊和稻穗编织的党旗和阿拉伯数字"100"，旁边是长城和一头奋蹄前奔的牛，下面是用黄色鲜花堆出的十个字："奋斗百年路，启航新征程。"这真诚而富有创意的图景引得大家纷纷拿起照相机和手机。尚在这厢沉醉，好友却忙不迭拉我到塔的西侧，才蓦然发觉，那厢也有一幅年画般的阔丽风景。一头呆萌的公牛，身后是粮仓，两侧是稻谷，前面书写了七个大字："大美稻香王稳庄。"不得不佩服设计者的良苦用心了。说实话，我也是第一次欣赏到如此景致，不禁拍了个小视频发到朋友圈。此时，夕阳悬在天边，照耀着无尽的稻田，金色与红色相染相浸，丝毫不觉秋风袭人。

回城路上，大家谈论着天津这几年的变化。他们都是老天津人，对这里的人文地理了解得自然比我透彻。他们说，老天津最大的地理特色，就是湿地多，河流、坑塘、洼淀、水库、湖泊星罗棋布，可谓九河下梢，七十二沽。随着人口增加，产业发展，湿地和植被面积减少，生态体系遭到破坏。而政府实施的871工程，就是把绿色生态屏障打造成为生态资源富集的"绿谷"，引领转型发展的"绿峰"，为子孙后代留下宝贵的绿色发展空间……由于奔波了六个多小时，竟有些困顿，骤然醒来时发觉，由于堵车还在高速公路上。翻了翻自己的朋友圈，发现那条视频引来了不少点赞和留言。一位成都的朋友说：喜看稻菽千重浪；一位天津的老艺术家说：领先亚洲五十年；一位北京的朋友说：这地方打滚儿打一天，也滚不到头吧？

上海的朋友则比较苛刻，说：你这人可真懒，这么好的景，连个名字也不起。就着昏黄的车灯，我连忙回复道：有啊有啊，名字就叫——《绿谷的秋天》。

美酒和英雄

——宿迁行记

竟有这么多的水。

河有古黄河、淮河、京杭大运河；湖有洪泽湖和骆马湖。据说，水域面积占宿迁总面积的四分之一。又地处黄淮平原，属暖温带季风气候，梅雨季节长，雨量充沛，粮食便会长势喜人，大麦、小麦和豌豆的淀粉含量较高，蒸煮易糊化，醇香绵柔。此处四季分明，相对湿度高，极为适合微生物的生长繁殖。

如此，有了好水、好粮、好菌群，再加上好工匠，酿出好酒，便是情理之中的事情了。

对洋河大曲最初的记忆，停留在 20 世纪 80 年代初期。母亲带着我和弟弟在冀东的村里务农，父亲在北京当兵。每次探亲回家，风尘仆仆的父亲都会带回一箱洋河大曲。爷爷两瓶，舅舅两瓶，剩下的两瓶，就摆在我们家柜子上。还记得酒瓶是普通的酒瓶，只是我和弟弟很好奇，为啥酒瓶上要印着飞舞的仙女？难道，神仙们也喜欢喝酒吗？等父亲的战友来家里做客，酒瓶就变成了空酒瓶，只不过勤俭的母亲并没有扔掉，一瓶用来打酱油，一瓶用来打醋。在很长一段时间内，当我想起洋河大曲，都会很自然地产生一种错觉：它和葡萄酒一样，是酱红色的液体。

多年后当我在洋河酒厂里漫步，有种隐隐的兴奋。这种兴奋既勾连着儿时的回忆，又见证着洋河酒厂如今的昌隆。如今的家乡人，但凡结婚生子，酒桌上要么是天之蓝海之蓝，要么是剑南春泸州老窖。醇香的酒和喜事掺杂交融在一起，便勾兑出我们普通人最珍贵的记忆，它的名字叫幸福。是的，中国人的幸福无论长短，无不弥漫着酒的气味。

在我的想象中，白酒生产车间一般都是封闭的、隐秘的，它牵扯到酿酒的工艺流程，无论是在茅台酒厂、郎酒集团，还是在泸州老窖酒厂，我们看到的是包装车间、窖藏车间，而在洋河酒厂，一切都是敞开的、透明的。当我穿行在硕大的酿造车间，委实被震撼到：一台台高大的机器首尾相连，在轰隆隆的声响中，加壳机、加糟机、出醅机高速运转，罕有人迹。也就是说，这里的酿酒工艺全部实现了机械化，干净、整洁、井然有序的现代制酒工业链条超越了我的想象，也重新构建了我的想象。成吨成吨的美酒就是在这样的链条上被生产出来的，它摆脱了农业文明的束缚，展现出一种工业文明的简洁之美。而在储藏车间，一罐罐美酒陈列铺展，弥漫着酒气和喜气。当师傅招呼我们去品尝刚出锅的原浆酒时，大家欢呼着一拥而上。

晚宴上，好客的主人拿出了最得意的美酒：梦之蓝 M6+、梦之蓝 M9、梦之蓝手工班……是啊，这最独特的美酒属于绵柔型，它跟酱香、清香、典型浓香、馥郁香都不同——它在舌尖跳跃、在舌苔蔓延、在两腮迂回时，一种清雅绵长的香气久久不散，仿佛初恋时的滋味，虽然羞涩清淡，却教人怦然心动，那种不经意间的回味与缠绵，既让人失语，也让人雀跃。它类似于江苏小说家的风格，氤氲着雨季的湿气，又如江河之上的太阳般清朗，在韵律十足的绵密叙事中得以窥见最迷人的人性风景。

我想，这也是洋河酒风靡大江南北的缘由吧？而创新，无论是科技创新还是文化创新，都需要无尽的经验、失败、勇气和恒心。当乔伊斯写出《尤利西斯》的最后一句"英雄的心，尽管受到时间和命运的消磨，我们的意志坚强如故，奋斗、追求、寻找，永不退缩"，当普鲁斯特写下《追忆似水年华》的第一句"在很长一段时间里，我都是早早就躺下了……"，我想他们内心深处升腾起的骄傲，跟洋河酒厂的调酒师将第一口绵柔型白酒倒入口中的感觉是一样的。世界从来不缺乏传统的守护者，可世界永恒的规律则是运动与变化。当第一个吃螃蟹的人、第一个坐船渡江的人、第一个在天空飞翔的人、第一个酿酒的人、第一个登陆火星的人出现，世界才是真实的世界，世界才是充溢着真理、希望和公理的未来。

有些微醺难免胡思乱想，这时又听主人介绍说，绵柔白酒小分子物质多、水溶性物质多、健康活性物质多，多喝两杯也无妨。客人大都是北方人，一向豪爽擅饮，见主人如此盛情，贪杯便免不了。即便如此，头脑却清醒得很，并没有不适之感。看来，好酒是不醉人的，好酒只会让人心弥漫着超越了日常生活的细碎幸福感。

辞别洋河酒厂，我们又参观了项王故里。作为一个对历史颇为迷糊的小说家，我方才知道原来项羽是宿迁人。在我记忆中，力拔山兮气盖世的西楚霸王似乎不属于南方。可见，一个无知之人的记忆力也是可疑的。关于项羽的文章，最难忘的是语文课本中的《鸿门宴》和潘军的小说《重瞳》。《鸿门宴》让一个小镇上的男孩唏嘘，《重瞳》的先锋叙述则让一个初学小说写作的青年见识到了虚构的魅力。

当我看到那棵项王手植槐时，不得不感喟时光的残酷和生灵的坚韧。这棵树树龄两千二百多年，相传是项羽十六岁离开家乡时亲手所植，如今，树膛中空，左右各展一株侧枝，因为是初春，树还没有发芽，在清朗的天空下，槐树的黑色树皮和枝干显得尤为沧桑沉滞。离槐树不远处，是项里桐。相传项羽衣胞埋藏在此树下。当一代老枝萎缩后，便会再生新枝，而新枝主干下仍可见母体残痕。江南少槐，为何项羽离开故乡时，会亲手种植下一棵槐树？而他的衣胞，为什么又要埋在青桐树下？无证可查，唯一能够确认的是，无数的老百姓热爱这位英雄，疼惜这位英雄，缅怀这位英雄，愿意为他身后的世界多书写传说与传奇。英雄气不短，项羽重信重义，在彭城之战中大败刘邦，并俘虏了刘邦父亲刘太公和妻子吕雉。项羽曾与刘邦约为兄弟，不但不弑杀刘父与吕雉，还主动携虞姬给他们送去衣物与食物，后又将他们送还给刘邦。单凭这份仁厚仗义，天下便寻不出第二人。我向来赞同"不以成败论英雄"，见惯了史书上的阴谋与阳谋、背叛与杀戮、荒唐与淫靡，项羽的胸襟与坦荡，才是当代国人应当承袭与阐扬的。

怀古难免伤感。从项王故里驱车至龙王庙行宫，龙王庙行宫原名为"敕建安澜龙王庙"，位于骆马湖湖畔，毗邻京杭大运河，黛瓦红墙，是座典型的北方官式建筑群。据史料记载，乾隆皇帝六次下江南，五次驻跸于此，并建亭立碑，故又有"乾隆行宫"之称。主要建筑有御碑亭、钟鼓楼、怡殿、古戏楼等。

出得龙王庙行宫，众友人又去参观博物馆，我见景拍景，见人拍人，不知不觉掉了队，只得独自在附近随意溜达。庙外有一处湖泊，也不知道叫什么名字，水面阔得很。静水流深，去岁大片大片的芦苇依然茂密枯黄，各类树木罕见发芽披绿，红墙与楼台的倒影映在水面，被水鸟的喙或足啄破抓碎，破碎着荡漾开去，随后平静如初。溜达得疲乏了，才发觉已近黄昏。橘瓣般的月亮悬在淡蓝天空，几绺白云下，倦鸟正飞过野树的树冠。我坐在湖边，一时竟忘了自己在哪里，真是应了那句"梦里不知身是客，一晌贪欢"。晚来风更急，我直起身前去寻找师友，想到晚宴上的美酒佳肴，身上不由暖和了些。

念念不忘妃子笑

　　风干猪肺、风干腊肠、风干排骨、风干猪蹄、风干猪耳、风干里脊……满满一桌，夹一块入口，味道各不相同：猪肺干咸；腊肠香而不腻，绝佳的下酒菜；排骨类似熏烤而成，味道中隐藏着野风的气息；猪蹄肥而咸香，比成都的猪蹄豆花更有嚼劲；猪耳脆糯；里脊肉色泽鲜亮，光是看一眼就垂涎欲滴……这些风干酱肉，让我的舌头忙不过来，如若佐以泸州老窖，简直是做神仙也不换的日子。

　　无论是在行驶的中巴车上，在柚子树间穿行，还是在客栈饮茶，在宾馆里小憩，嘴里都会塞上一瓣柚子。真龙柚皮薄肉多，果肉晶莹如玉石，入口肥嫩清香，甘醇悠长。本地人在真龙柚成熟的季节，用他们的话讲，是今天吃柚子，明天吃柚子，后天吃柚子……我本来有点感冒，可是嘴没闲着，吃了几天竟然感冒也好了。我不知道跟柚子是否有关系，不过能肯定的是，即便是枕着长江入眠，梦里也都是柚子清甜的味道。

先市酱油厂的位置让人瞠目。偎依着赤水河，六千多个酱缸井然有序地排列开去，远远望去犹如一群个子不高、戴着斗笠的士兵，沉默而刚毅。一粒黄豆想要变成酱油，需要三年以上的时光。蒸煮、制曲、晾晒、避雨、取油，一切都要看天时地利人和，作为酱油届的"茅台"，即便售价五百元一斤，也着实没什么稀奇。我也终于明白了此地的菜肴为何滋味独特，由自贡井盐、赤水河水、小麦、黄豆酿就的酱油，自然而然会将食材调和出一种浓郁的酱香。

风干酱肉、真龙柚、先市酱油，它们都属于合江。

合江处于重庆、贵州和四川的接合处，始建于西汉元鼎二年（公元前 115 年）。说它是座水城一点也不为过，长江、赤水河、习水河在此三江交汇，并衍生出一百零四条河溪。它又不仅仅是一座水城，沿水而生的丹霞地貌上，大娄山支脉和一些中、低断头山从黔北延伸到合江南部，形如肺叶。气候属亚热带湿润气候型，雨量充沛，四季分明。我想，可能正是如此的山、如此的水、如此的温度，让这座古城蕴含着与别处迥异的植物、遗迹、食物与风物吧？

吃过了风干酱肉、真龙柚，品过了先市酱油，我们又去寻找荔枝的踪迹。

荔枝是"合江三绝"之一。据说合江的荔枝栽培史可追溯到汉武帝时期。合江县域内有两千二百三十二棵古树，其中荔枝树就有八百一十二棵。合江的荔枝种植在唐宋时达到鼎盛，后来在宋代时因异常气候，荔枝冻死殆尽，余者寥寥。从南宋后期到清朝乾隆年间，在外地做官或经商的人，开始从广东、福建、江苏等地引进荔枝优良品种，在合江种植繁衍。关于合江荔枝，文人骚客向来不吝赞美。晋代左思《蜀都赋》中如是描写四川荔枝："旁挺龙目，侧生荔枝，布绿叶之萋萋，结朱实之离离。"宋人范成大过合江时写下《新荔枝》一诗："甘露凝成一颗冰，露秾冰厚更芳馨。夜凉将到星河下，拟共嫦娥斗月明。"

去荔枝园那日，天一直灰蒙蒙，后来干脆落起了小雨。习惯了在寒冬见证大雪封门的北方人，终日浸润在雨丝中，难免窃喜。袅袅雨雾中，我们驱车前往荔江镇荔枝现代化农业园区。一路上走走停停，漫山遍野全是绿油油的荔枝树。这个季节的荔枝已经长出了花苞。这是我第一次看到荔枝树，也是第一次见到荔枝的花蕾，素朴得很，有点像忍冬。

给我们做导游的是村民赵建宏。他先给我们详细介绍了合江荔枝的诸多品种。最有名的就是妃子笑了，果实呈心脏形，向阳面是深乌红色，果顶尖圆，果肉白蜡色。特点是味道清甜，甜味似蜂蜜，尾部微酸。

"'一骑红尘妃子笑，无人知是荔枝来'，当年唐明皇献给杨贵妃的荔枝，就是妃子笑。"小赵一本正经地给我们介绍。

"带绿的名字很有意思，是怎么得来的呢？""仙进奉又是啥品种？"我们七嘴八舌地问。

小赵笑着一一解释："由果肩经果顶向另一侧果肩缝合时，形成一条黄绿色'U'字形带状，所以叫带绿。仙进奉嘛，味道有玫瑰的香气，像是神仙吃的。"

我们感觉他就是一部"荔枝词典"，谈起这些时他有些拘谨的神态开始活泼起来，笑容也在脸上荡漾开去。

除了妃子笑和带绿，荔枝的品种还有大红袍、红灯笼、陀缇、井岗红糯、马贵荔、楠木叶、观音绿、桂味、绛纱兰，等等。也许只有荔枝这种水果，才能配得上这些富有想象力和诗意的名字吧？我怀疑给荔枝起名字的专家可能是宋词爱好者。

朋友问小赵："小伙子，干这行多久了？"

"我从事荔枝种植快二十年了。初中辍学后，先是接替我父亲，到中铁五局上班。"

"中铁局是铁饭碗，为啥回荔江镇呢？"

小赵是个实在人，搓着手说："我上了五年班，主要是修宜万铁路。北京奥运会时看到条新闻，说是因为气候原因，合江县荔枝产量不足三千斤。我家只收了十来斤荔枝，竟然卖了两千二百元。原来荔枝这么火呀！我就跑去跟领导说，要回家种荔枝。"

"你也算是员老将了，"朋友打趣道，"现在承包了多少亩荔枝？"

小赵说："通过土地流转，我的荔枝园有三百多亩，种植面积最大的品种是妃子笑，有一百五十多亩，收入比较可观。"

"能否透露一下到底有多么可观吗？"看来朋友是个喜欢打破砂锅问到底的人。

小赵说："说句实话吧，十万不算富，百万才起步。"说完他自己先笑了。同行的朋友们也都笑了起来，情不自禁竖起了大拇指。

小赵说，妃子笑的成熟期比较晚，是每年的 7 月 10 号到 7 月 15 号。为什么会这样？合江的荔枝 9 月份生花蕾，可直到来年 4 月份下旬才开花，憋了半年呢。休眠期长，养分积蓄就格外充足，果实的个头就比广东广西的荔枝大。这个时节，两广的荔枝刚好断市，妃子笑根本没有竞争对手。面相好，粒也肥大，单颗可达五十克，产量比带绿高出三倍，一亩地能产出四千斤呢。

说起带绿，小赵脸上冒着光亮。他说，带绿是 2008 年奥运会圣果，清脆香甜，深受高端市场喜欢。说实话，以前荔枝种植最大的困扰便是没有技术，光有一腔热情，遇到病虫害或异常天气时就手足无措。后来，县农业局和村党委从外地请来专家进行辅导，手把手地教，才逐渐掌握了基本的种植管理技术。再后来，他们又畅通了销售渠道，跟广东中利集团合作。这个集团帮他们培训技术，调整土地，扩大种植规模，他们才开始实施统一的标准化管理，真正有了管护和产品营销的概念。如今，荔枝园都是生态种植，科学养护，在田间使用了灭蚊灯、杀虫灯，虫害基本灭绝，产量大幅增长，收入比往些年翻了一番。

2016 年，他从广东引进了新的品种，就是仙进奉。广西广东的话，仙进奉成熟期是 6 月 20 号到 25 号，他们则通过太阳网遮盖等技术，使成熟期突破了最晚期。他们的荔枝开花早，结果晚，在成长期水分流失多，糖分更高，口感更脆甜。他把这些荔枝返销给中利集团，中利集团拿去做出口贸易，或者给国内的盒马生鲜超市做配货。

"我是生产第一线，他们是销售第二线，两家合作，互惠互利，种植和销售都有希望。"他的笑容既纯朴，又似乎隐藏着无尽的智慧，"这些年，我在广西北流、广东福山等地陆续承包荔枝园，还组建了一个十几人的团队，实行股份制，他们都各守一摊，各负其责。我给员工都买了保险，荔枝树有高有低，难免磕一下绊一下，有保险就是对家庭负责。有了身体保障、收入保障，才有家庭保障。有了家庭保障，大家的日子才安逸。"

他滔滔不绝地介绍荔枝时，我一直脑补着妃子笑、仙进奉和带绿的美妙滋味，听了刚才的这番话，我又不得不重新打量起他。没错，他在我眼中逐渐高大起来。

"可惜你们这次来得不是时候，只看到了荔枝树，没有吃到鲜荔枝。"小赵有些遗憾地说，"明年 8 月份，一定要再来一趟。"

我们几乎异口同声地说"好"。可能我的声音更大一些。驱车赶往真龙柚博览园的途中，我忍不住用手机搜索"妃子笑"，搜索"带绿"，搜索"仙进奉"。图片有些模糊，从表皮上根本看不出有太大差别，可我心里知道，它们的差别就像是杨贵妃跟王熙凤、林黛玉的差别。

2024 年 1 月 4 日

自言自语 ◎

仁怀行

酱香白酒

从巫山坐高铁，半个时辰便到遵义，从遵义乘车半个时辰，就到了仁怀。说起仁怀，难免想到茅台，想到香飘天下的酱香酒。近些年来，酱香酒一路北上英勇杀伐，几乎统治了整个中国的高端白酒市场。一路上和前来接我的小沈闲聊，蓦然发现，我对仁怀的了解竟如此肤浅。

小沈是仁怀市宣传部的干部，憨厚周全。当我无意间问起仁怀市的经济形势，他笑着说，我们仁怀去年的地区生产总值是一千七百亿，经济总量位列全国百强县市第十二位，前面两位分别是浏阳和义乌，用不了多久，我们就能进前十了。这个排名吓了我一跳，在我印象中，茅台集团归贵州省直管，这个数字是怎么来的？他想也没想说，酒啊，我们去年的白酒产业总产值达到了九百亿呢。他自信又骄傲的语气难免让我羞愧。也难怪，说起仁怀，好像除了茅台，就想不起别的酒了，就像大家说起梁启超先生家的孩子，只知道梁思成，却不晓得梁家一门三院士，九子皆精英。

当晚朋友宴客，喝的"茅台酱香酒"。没错，这是一款酒的名字。它的口感与茅台几无二致。跟朋友闲聊时才得知，仁怀市已经评选出当地酱香"十大名酒"，分别是：国台酒、夜郎古酒、茅台王子酒、钓鱼台国宾酒、怀庄酒、无忧·泰然酒、衡昌烧坊、仁怀酱香酒、寰九、文中壹品酒。平素朋友来访，茅台不易得，我都用最普通的茅台王子酒待客，原来它竟是仁怀的"十大名酒"之一呢。便暗暗将其他九种也记下，发给了一位嗜酒老友。老友自称是"酱香型"小说家，饮酒只饮酱香。有次我请他吃饭，带的其他香型白酒，虽价格不菲，他却一口未沾。我想，日后他选择优质酱香酒的范围又宽泛些许了，不知道会如何谢我。

翌日去怀庄酒厂。整个厂区看上去整洁安静，董事长陈果先生带我们先游览了自建的赤水河流域地情图书资料馆和茅台德庄书屋。德庄书屋现藏书四万多册，免费向公众开放。看来他不仅醉心酿酒，也醉心传播仁怀传统文化。我偷偷问了问同行的朋友，怀庄酒销量如何？朋友举起手，比画了个"二"。原来，怀庄无论规模还是销量，在仁怀仅次于茅台。2019年，怀庄酒业集团总销售额达到了三十二亿元人民币。这个数字难免让我咋舌。朋友又说，我们现在的思路是"以酒为媒、以游为道、借酒兴旅、借旅促酒"，去年的旅游收入，就将近八十亿呢。

苗寨篝火

后山苗寨位于仁怀市南部，坐落于白云山下，绝对是旅游的好去处。我知道苗族是历史悠久的古老民族，西苗先民为了躲避战争落户于此，距今已八百年。

还没有进寨，歌声便飞出来，芦笙便吹起来，美酒香便飘出来。在参观完惊心动魄的"爬花杆""踩月亮""滚牛皮"和隆重的祭祖仪式后，我们又拜访了"摇钱树"。这棵千年古树，是西苗后裔的迁徙地标。导游介绍说，西苗后人不断到海外谋生，分支遍布了东南亚、欧洲和美洲。海外苗裔曾多次来后山寻根祭祖，这棵"摇钱树"，已成为海外苗裔古老基因的一部分。

晚宴便在苗寨，吃的烤全羊，喝的怀庄酒。喝到尽兴处，人人都争着放歌。在敬酒环节，小伙子都跑掉，我们这些油腻中年男却没有逃脱。这里的敬酒方式跟别处的苗族也不太一样，要连着喝九碗酒，且是一碗摞一碗不间断。我想，照此喝法，在座诸位里，恐怕就云雷兄能保持清醒吧？

酒足饭饱，便去点篝火，篝火熊熊燃烧，所有的人，无论是我们，还是偶遇的游客，当地的姑娘小伙，甚至是五六岁的娃娃，都手牵着手围绕着篝火跳起来。跳的什么舞不重要，舞步合不合音乐节律不重要，手拉着谁的手不重要，重要的是每个人的脸上都荡漾着最灿烂的笑容。让我惊讶的是一枫，他竟然从篝火点燃的一瞬跳到篝火熄灭的一瞬。

回去的车上，虽有些困乏，还是有意犹未尽之感，灯灭了，眼闭了，手还在半空中舞着。

蔺田农庄

雨中，我们驱车前往蔺田农庄。导游说，长岗蔺田现代农庄东临坛厂神采八卦园，南接播州红色圣地苟坝，西与平正乡仡佬石头城相连，这里的红豆杉和楠木分布广泛，是天然的氧吧和避暑休闲之地。农庄既有杏树群、千亩梨园、溶洞奇观这样的自然景观，也有纵情山地跑马场、射箭体验场、蓝莓杨梅采摘园、儿童游乐园这样的休闲游乐场所。

仁怀的山都不太高，可一山连一山，山山相挽，山山相望，放眼望去满是苍绿。蔺田农庄就掩映在这苍山绿树中。从蔺田农庄往下看，是漫山遍野的梨花，素白色花树在雨中盛放，在湿漉漉的空气中荡漾着幽香。蔺田农庄的民宿造型别致，在山腰间连成一片，如果不是身临其处，很难想象这是建在山村里的民居。闲来游逛，长廊迤逦，山石林立，花树绚丽，渐有柳暗花明之感。在一处岩石与岩石的裂隙中，竟发现了成群的芦花鸡，色泽鲜艳，悠然自得地刨着松软的泥土。从农庄沿山路前行，是片古树林，全是银杏，树龄最小的也有一百六十年。便想，做人呢，远不如做一棵树逍遥，听风声雨声，餐夜霜白露，顶朝曦银钩，无忧无戒，沉默快活。

这样一处人间桃源，建起来不过七八年光景。饭前跟村支书闲聊，才晓得他以前在贵阳卖过建材，开过饭馆，多少攒了些钱。回乡时看到村子发展缓慢，心里很不是滋味，便琢磨着干些实事。游子的心里梦里，最难割舍的，还是儿时的故土家园。2016 年是乡村脱贫攻坚的关键时刻，他通过政策扶持，加上贷款投资了四千多万，带领父老乡亲将村子从石头村变成了旅游村。我们问他，投入这么多，难道没有顾虑？万一亏损怎么办？他笑着说，有政府撑腰做主，心里有主心骨。当时蔺田饮水是个大问题，政府通过协调从水库引水，又修建了四通八达的公路，将村子与外界的壁垒打通，从前到市里要一个半小时，现在只需二十分钟。如今"五一"到"十一"期间，游客都要提前预订客房，另外还有一千多位重庆、成都的游客长期在此租房，逢夏季来此避暑。他们雇用当地村民照顾打理民居，也解决了部分村民的就业问题，可谓一举两得。

农庄的饭菜吃起来格外香。农庄的景色看起来格外美。对于土生土长的北方人而言，这里的一山一水、一树一草、一米一粟，都别有风味。便想，仁怀的确是个好地方。它有名扬天下的酒，它有有情有义的人，它有勾天连地的篝火，毋庸置疑，更有曼妙丰腴的未来。

绍兴风物

绍兴大概是除了北京之外，我去的次数最多的异乡之城了。人与城市的关系，跟人与人的关系仿若：有的念念不忘必有回响，隔三岔五便能一会，譬如杭州，譬如上海和郑州；有的念想了一辈子，却始终镜花水月两相隔，无缘得见，譬如长沙，譬如昆明和广州，跟朋友提及从未踏足，他们脸上露出惊愕的神情，似乎我将谎言讲与他们听。

去的次数多了，有些物事便沉淀下来，变成时光难舍的赘生物。每每念及绍兴，先要想到的便是鲁迅故里，便是他的百草园。

关于鲁迅先生，小时候是不喜欢的，不喜欢的缘由跟别的孩子差不多，便是看不太懂，觉得他话里有话，言外有意，即便老师如医生解剖标本般分析文本，仍云里雾里。当然也有喜欢的，比如《从百草园到三味书屋》，比如《故乡》和《祝福》。《祝福》里的最末一段，读了数遍，虽嚼不烂，却本能地喜欢。多年后读到乔伊斯《死者》的结尾，惊艳不已，却觉得终究不如《祝福》。《死者》的视角是上帝的视角，雪裹卷了覆盖了一切，庞然安宁，有着巨大的虚无和空寂，仿佛能听到宇宙深处星辰爆裂后依稀的回响。而《祝福》的结尾则是平静的凝视，它谦逊中透些蔑视，隐忍中透些不安，短暂的安逸胶着着无尽的痛苦与愤懑，让人顺畅呼吸几次，便觉要窒息；而即将以为要死去时，那口气又在鞭炮声和雪花的降落声中，得以无限地残喘。这大概就是人世本来的面目吧。

还记得我读初中时，老叔读大学。他那时最喜欢的作家便是鲁迅，而我最喜欢的是三毛。我不理解他为何喜欢鲁迅，他却晓得我因何喜欢三毛。我记得他那时说，等你长大了，你就知道鲁迅有多么伟大了。一晃三十多年过去，老叔的话终归得以验证。在众多风格庞杂迥异的作家中，鲁迅先生仿若暗夜潜行者，远远将同时代的人和后来者撇在身后，他不曾回望，而追随者始终踏着他的脚印与影子。他的见解，他笔下的人物，早和他融为一体，已然让我们分辨不清是他塑造了那些灵魂，还是那些灵魂重又塑形了他。他说：唯沉默是最高的轻蔑。他说：勇者愤怒，抽刃向更强者；怯者愤怒，却抽刃向更弱者。他说：从来如此，便对么？他说：贪安稳就没有自由，要自由就要历些危险。这样无数的"他说"以及有限的阿Q、昆仲、孔乙己、闰土、祥林嫂、涓生与子君、华老栓，甚至是长妈妈、九斤老太和吴妈，让我们恐惧于他的犀利深邃，恐惧于他对国人秉性的挖掘、显现与鞭笞。

每次去百草园，我都忍不住在菜畦外的石板上坐会儿。菜畦里没有覆盆子和桑葚，没有何首乌和木莲，连皂荚树也没有一棵。由于去时大多是春秋，连蜡梅的花也没有开，可闭眼之时，园子已郁郁葱葱，那个伶仃的孩子，正在墙角处与斑蝥和油蛉玩耍。

接下来怕就是黄酒了。第一次到绍兴，老友唤了他的故友知交相陪，他们喝黄酒，我喝的啤酒。有个张姓朋友，性情憨厚耿直，自己灌了三瓶会稽山，酒后放浪形骸，自顾自跳起舞来，棕熊般真挚可爱，与他冷静华彩的小说颇不相宜。第二次去绍兴，碰到上海的哥们儿，他怂恿道，黄酒度数低，饮品一般，多喝些也没事。我们便喝水那般痛饮起来，到底喝了多少全然不记得。当夜平安无事，翌日上午开会，十点来钟，忽觉喉头一紧，便要喷涌而出，仓皇跑到卫生间狂吐一番。落座，惊魂未定，恰轮到我发言，甫要开口，那酒又涌至咽喉，尴尬间摇头晃脑，踉跄着跑出……稍后酒劲又缠到头颅，眉眼欲裂，天旋地转，简直生不如死。这才真正领略到黄酒的厉害。日后再赴绍兴，无论是会稽山还是古越龙山，是碰也不敢碰了。看来这黄酒倒如鲁迅先生的文章般，后劲奇大，只不过醉酒伤身，而先生的文章，却是提神醒心。又想起绍兴的食物，也大都偏咸，白嘴吃去，会疑心这店是盐商所开，不过若是佐酒，则滋味悠长，鲜到让人叹息。说到吃食，难免念及一家唤作"男眼镜"的老店。每去绍兴，友人都会带我们去他家吃夜宵。人总是众多，反正去绍兴开会的作家，都是成群结队，仿佛不如此，便是对先生的不敬。既然是夜宵，便要吃到凌晨两三点，喝到微醺处快快散去，意犹未尽。唯一一次没去"男眼镜"吃宵夜，是 2014 年春天，在酒店里跟一帮台湾作家玩游戏，玩到凌晨五六点，打着哈欠拎着行李匆匆奔往萧山机场。此次去绍兴，又是午夜时分，客人嚷嚷着去"男眼镜"，主人道，"男眼镜"关门两年了。客人惊讶惆怅，问及缘由，却是老板跑澳门赌钱，将家业败了。众人难免唏嘘，说再也吃不到那么地道的"三臭"和糟熘虾仁了。

　　一座城，若没有水，便显得嶙峋；若没有山，便显得木讷。绍兴的好，在于城里既有山，也有水。山不太高，但因为有了不胜枚举的圣人、先贤与侠客，便灵动起来；水则是江南常见的水，小桥人家，乌篷船撑开去，水流不惊，而老妇在溪边淘米洗衣，谁家的炊烟，从窄仄的庭院里冒出。最难得的，是这座城里住着朋友。城再好，要是没有知心的人住在那里，也只是冰冷的仙境，构不成真正的念想。绍兴城里，便有三两知己。他们的性情，秉承了先人的秉性，重情义，讲真话，从不打诳语，也不虚与委蛇。这样的朋友，可能有时让你不知所措，甚至难堪，可好处也在于此，能让你反省自我的矫情与市侩，变得纯净干爽些。这样的朋友，就是所谓诤友吧？

　　每次从绍兴回来，内心似乎都更沉静安生些，读书也好，写作也好，均无杂念。便想，等老了，在那里的巷子深处寻户人家租住，读读闲书，写写闲字，喝喝老酒，访访老友，也算是老有所依吧？

永远的它

　　那一年，他去北京领奖。颁奖仪式下午举办，中午，他跟一位来自武汉的老兄吃了涮羊肉，喝了啤酒。作为一名久居乡镇的小公务员，他对北京的一切都充满了好奇：狭窄的胡同，满口京片子的出租车司机，天桥下抱着孩子卖发票的邋遢妇女，以及冒着白色热气的铜锅和那位网络上相识已久却初次见面的诗人老兄。诗人老兄跟他每人喝了一箱啤酒，这才醉醺醺地打车去颁奖现场。颁奖仪式结束，主办方和承办方宴请宾客，上的酒是茅台酒。上茅台是理所应当的，因为主办方是《人民文学》，承办方是茅台酒厂。当菜肴上齐美酒斟满，他却犯起酒劲。没错，那个尴尬的夜晚他可能一辈子都忘不了，主人提议端杯，他站起来的刹那几乎摔倒。酒当时也是喝不得的，不但喝不得，闻也闻不得。后来，他偷偷趴在桌子上小憩。当同行们惊讶地召唤他时，他能听清他们的声音，却没有抬起头颅的气力。后来他听到一位德高望重的老师说，让他睡吧，这孩子，太兴奋了。好吧，那时他还年轻，他的孟浪和失礼得到了长辈的谅解。当宴会散去，他站在酒店门口迷迷糊糊地想，真丢人啊。没错，作为一名中规中矩的小公务员，他觉得自己的出场糟糕透顶，而且，连杯茅台也没喝上。

第一次喝茅台酒时他三十二岁。之前他只喝啤酒。那时的他决计想不到多年之后自己会成为一名高度白酒爱好者，并像其他大多数同行一样，成为茅台酒的拥趸。据他所知，有好几位小说家和评论家，除了茅台酒，其他白酒是碰也不碰的，有时为了不让主人尴尬，他们会象征性地喝点红酒或啤酒。三十二岁的他，那天中午的他，跟同事们吃的铁锅炖大鹅。当他端起酒杯时，鼻腔由于受到酒气的刺激，他莫名地颤抖了两下。第一口茅台入喉，他只是觉得辛辣，一种不适感让他猛烈地咳嗽起来。哦，这就是茅台，他皱着眉头想，不像啤酒那样好下咽呢……如果没有记错，他那天中午喝了两杯茅台，喝完酒后他并没有如想象中那般醉酒，相反，他感觉浑身散发出的热气将初春料峭的寒风也熏得和暖起来。

第二次喝茅台，是去郑州探望姐姐姐夫的时候。那天的高铁晚点了两个小时，途中风雨交加，抵达郑州时已晚上十一点。姐姐点的烧烤已加热了数次，为了表示歉意，他端起斟满的白酒扬脖喝起来。他骨子里是个腼腆的人，对人与人之间的距离和交往中的毛边素来敏感，即便是和亲人，也会有种天然的内敛。

可那个夏天的夜晚，他们边喝边聊，在酒精的刺激下他的表达欲如此旺盛炽烈……那晚到底喝了多少酒他不记得了，只是早晨醒来时，让他感到意外的是，丝毫没有口干舌燥或恶心。早餐时他漫不经心地问姐姐，昨晚喝的什么酒？不错。姐姐一边给他盛胡辣汤一边说，茅台。离开郑州时，姐姐给他拎了一箱。他那时在北京读书，将酒放在宿舍一角，若朋友来访，便随手拎上一瓶，客人觉得受尊重，他也觉得有面子。好吧，不得不承认，虚荣心或是人类的通病。

他慢慢地喜欢起茅台来。当然，这种喜欢也只是一厢情愿的喜欢。作为一名既不勤勉又无多少天分的小说家，茅台酒与他有着天然的距离。不过，这的确是种有趣的转变。从前，朋友们戏谑地称他为啤酒王。没错，无论喝多少啤酒，只要跑几趟卫生间，便能继续在酒桌逞强撒欢。当然，醉酒的滋味也只有酒徒知晓，口干头裂，半夜爬起扒着马桶将绿色胆汁都悉数吐出，而对自我的厌恶与厌倦如细菌扩散繁殖，接下去的四五天更是心灰意冷，觉得万事万物都面目可憎。然而喝了几次茅台，却全然没有这种灰颓感，他发觉，只要你觉得那种神奇的液体有些噎嗓，就是它在提醒你，差不多了，打住。如是，即便是失眠症患者的他，也能有个黑甜的安眠之夜。难道这就是茅台酒的力量？或者说，是高度白酒的力量？他向来是个怀疑主义者，他想，可能是因为友谊，因为亲人，他才爱上茅台的吧？它代表着一种潜在的、丝丝缕缕的爱、牵挂或惦念，如果没有这种爱或惦念，如果没有一种温暖的、毫无忌惮的坦诚，一切是否都变得不同呢？

　　几年过去，他又怀疑起来：或许是日渐衰老的身体让他喜欢起这种独特的口感与浓烈的香型吧？年轻时的身体分泌的荷尔蒙需要一种相对清淡的液体去冲刷洗涤，好将血液里的燥热、疯狂、痴傻的勇毅稀释得正常些，让他奔跑的步履轻盈些；而人老了，激情淡去，身体在悄然枯萎缩小，血液的流速也变得缓慢慵懒，这时，这台衰老的机器需要一种浓缩的、热烈的、由赤水河的河魂和粮食媾和的液体来扩张、来润滑，让血液奔流得更快捷，让主动脉瓣、肺动脉瓣、二尖瓣和三尖瓣的阀门打开关闭得更畅通、更激烈。而酒的本性是绵长的、悠烈的，它不会贸然打扰这台机器的运转，只是以一种潜在的方式赋予各个零件以神秘的力量，甚至是调和的力量。它不会伤害机器，只会让它运转得更顽强安全……如果从生物学或医学角度来剖析茅台酒，肯定是件极为有趣的事。可作为并不博学的小说家，他只能以自己的方式来想象他的嗅觉、他的味觉、他的肝和胃以及他的小脑是如何慢慢爱上这种酱香液体的。他想，世界上有很多事是解释不清楚的，比如，地球上动物的形状为何差异如此巨大？即便是同一物种，经过亿万年的进化，面貌也会迥然相异：非洲象和孤独的抹香鲸都是由同一个细胞分裂而来，而天上无尽的飞鸟则是恐龙们的后裔。还比如，宇宙中的物质只占整个宇宙物质能量密度的百分之三十一点五，而暗物质则占百分之六十八点五，可我们肉眼或哈勃望远镜所见的，又仅仅是这百分之三十一点五的亿万分之一，而不是更广袤、更巨大的暗物质。难道真的有造物主，让我们仅仅为这萤火光亮而欢愉痛苦，并如井底的青蛙般自得自大？

这么想时，难免会陷入低级的虚无主义。还好，有茅台酒这般的美好之物，能在广袤的宇宙中，给在原子般渺小的星球上居住的灵长类动物以无限的慰藉和长久的憧憬。因为小说的渊源，他日后去过几次茅台镇，并在镇上小住几日。每日走在散发着酒糟香气的空气中，他都觉得步履抖擞。漫步在并不宽阔的镇子里，他难免会胡思乱想：茅台酒在中国白酒界的位置人人皆知，无须言说辩驳，如若将它类比成小说家，哪位与它的气质和地位更相似呢？思来想去，觉得茅台酒便是文学界的列夫·托尔斯泰。托尔斯泰的小说体量庞大浩渺，这与茅台酒每年五点六万吨的产量和二点五万亿的市值是相匹配的；托尔斯泰小说的精神密度和茅台酒的酒精纯度也有着某种意义上的契合；更重要的是，托尔斯泰小说里那种悠长、明亮、厚重的气息与茅台酒圆润、丰满和微涩的口感也貌似相得益彰……如此想象下去，还有更多或许偏颇的类比，譬如茅台是音乐界的贝多芬，是画界的达·芬奇，是电影界的博格曼，是宋词中的苏轼……他们，这些造物主的恩宠，大都是永远的，或者说，是永恒的。他们会伴随着地球上的人类度过漫长的进化期，他们会陪伴着这渺小而伟大的人类走过无数的黑暗与黎明，在银河系和仙女座星系相撞之前，他们无疑俱是人类文明的标识符……

而他自己呢？他讪讪地想，不过是这个葳蕤时代里的一枚小小萤火虫而已，或许连萤火虫都算不上，只是深夜的太平洋海滩上，一只萤火乌贼影影绰绰的微光。如果三十年后，还有人深夜里因为读他的小说而流泪，为了孤独而痛苦，那么，便是他的福分和运气了。想到此处，小说家难免懊恼伤怀起来。

众生的回响

黄河里的一棵树

这是我第一次看到黄河。没错，一个土生土长的中原人，人逾不惑，才有幸目睹一条传说中的河流。不得不说，这是一种遗憾。多少年来，在课堂上、课本中、歌曲里、小说中、电视电影里、新闻中，不断听到它的名字，不断朗读它的名字，不断歌咏它的名字，尽管脑海常常闪现它虚幻却真实的身影，却没有真真切切看过它一眼。当然，作为一个内向胆怯、将旅行视为煎熬的人，我也没有过多的热望去特意朝拜它。况且，作为中华文明的源头之一，它早已流淌在我们的祖先以及我们的血液里。它像夏天的粮食、春天的泥土，它像四季的天空、森林里的空气，它像镶着乌云的太阳、大海里的月光，岁岁年年年年岁岁伴随着我们，佑护着我们。也许，它更像是我们头上的神灵、梦中的仙境，牵扯出我们对未知世界的向往。这向往并不热烈，却有着宿命般的仪式感。没错，我看到的是郑州的黄河。关于河南，关于黄河，有无数的典故、传奇和新闻。大多数时候，它们构建了关于苦难的标识符。地上黄河。1938年。花园口大堤。四百八十万难民。1942年。饥荒。逃亡。这些词汇是中原大地上曾经的疤痕，没有人会忘记。多年后，当我站在黄河岸边的时候，这条中国最著名的河流如此安静，如此沉默。它宽阔而无序，能望到交织的土地和庄稼；它绵长而迂回，在和天际相交的尽头，能依稀眺望到它的羸弱。它的水质没有我想象中那么浑浊，也没有平常的河流那般清澈。它的两岸是褐色碎石，没有白色水鸟划过水面，没有胆小的野鸭藏进芦苇荡。它的河面上，也没有渔船和过客。它那么普通，那么朴素，当我站在它身边，内心大声呼喊它的名字时，它没有给我想象中的回答。然而，它就是黄河，它就是黄河的分身，它的名字，就是那个在《万里长城永不倒》和《黄河大合唱》中被亿万人歌唱过的名字。它是黄土高原的终点，也是华北大平原的起点。当我站在它的身旁偷偷展开双臂让河面上的风拂过身体时，我感受到了独属于它的温柔鼻息。也许只有此刻，我才真正认识了它，拥有了它，让梦中的那个它和现实中的它重叠，汇合成真正的母亲。

在岸边，在木栅栏的里头，我看到一棵柳树，倾斜着倒在河面上。这是一棵普通的垂柳，枝干不是很粗壮，说明它还不曾经历过太多风雨。它的枝条也不葳蕤，也许，近乎与水面平行的姿势让它的枝条早被黄河水涤荡而去。它的根几乎是半裸的，露出的部分，已经有些干枯。我想，这可能是一棵年轻的树，这棵树很荣幸，被栽种在黄河的岸边。由于暴风雨，或者别的缘由，它倒下了。倒下的它并没有被清理，而是听之任之地偎依着黄河，以一种倔强的神态，平静地伸展着，生长着。多年之后我可能依然会回想起这个画面，在宽阔的黄河水面上，只有无尽的风细细卷过波浪，而略显光秃的岸边，一棵树，一棵倒下的树，一棵受伤的树，歪歪斜斜地倒在水面上，它努力地与水面保持着一种即将拥抱却没有拥抱的姿势。我还真的从来没有见过，这么美的一棵树。

白 马 寺

传说中的白马寺，始建于东汉，是日本、越南、朝鲜等国家的释源。白马寺。秘闻与逸事交织的白马寺。全世界唯一拥有中、印、缅、泰四国风格佛殿的白马寺。收藏最早传入中土梵文佛经《贝叶经》的白马寺。译出第一本汉文佛经《四十二章经》的白马寺。拥有中国第一座齐云塔（又称释迦舍利塔）的白马寺。发生第一次佛道之争的白马寺。屡遭战乱破坏却依然矗立的白马寺。武则天的白马寺。当我身处其间，不得不惊叹于它的宏阔，它的庄严，它层峦叠嶂的历史。我们的导游，是一位年轻的和尚，他是方丈的弟子，言语含笑，不急不缓地为我们介绍着白马寺的由来、历史和变故。我们跟随着他走过天王殿、大佛殿、大雄宝殿、接引殿、毗卢阁，又走过石牌坊、放生池和石拱桥。夕阳即将西下，我们听到了白马寺的钟声，一刹那，我醍醐灌顶，心中默念了一段熟悉的经文：一念中有九十刹那，一刹那经九百生灭，诸有为法悉皆空故。我们劳奔于世，为物为欲为情为权所困所扰，而所有的一切，都将归于枯灭岑寂。人说佛法与宇宙大爆炸的理论相切近，细想开去，真能惊出一层冷汗。然而，即便想得彻底，悟得明白，参透到根本，又有几人肯拈花含笑？和尚十三岁就到白马寺，没有念过佛学院，只是跟师父修行，如今已然年近而立。也许有些不礼貌，还是忍不住问了句：为什么要出家？他笑了笑。也许很多无知愚蠢的游客都问过他这个问题。他的回答很简单，他说：施主为何今日到了白马寺？我一时语塞。他也没有再说什么。我，以及我们，为何到了白马寺？还真有个奇妙的缘由，然而，却不可说。

石　窟

小时候，跟随父亲在大同，去过三两次云冈石窟。第一次是游览，后面是陪着亲戚游览。在我的记忆中，云冈石窟里都是高大的佛像，有的面目清晰，有的则面目模糊。站在它们的脚下，自己显得渺小单薄。那时候，并不知道为何雕刻了这么多佛像，也不知道是谁雕刻了这些佛像，更不知道，这些佛像历经了多少暴风骤雨。孩子们在它们脚下照相，孩子们在它们脚下吃棉花糖，孩子们在它们脚下嬉戏，它们没有声音，它们仍然坐在那里或站在那里，眼睛凝望着前方，或者低垂着俯瞰我们。

2019 年去麦积山石窟那天，下着小雪，我们只有短短两个小时的游览时间。那些或高大或矮小的佛像，让我震惊，震惊之余，则是长久的沉默。我尽可能地多拍些照片。它们在此处，我们在别处。它们不言不语，我们多言多语。它们有自己的名字，我们也有自己的名字。然而它们不是它们，而我们，只能是我们。

那天在龙门石窟，我难免想到了云冈石窟和麦积山石窟。去云冈和麦积山，都是白天，而来龙门石窟，则是夜晚。风有些凉，夜色下的石窟被灯光映射出神秘虚幻的色彩，仿佛沉睡之人一脚踏入了梦境。洛都四郊，山水之胜，龙门首焉。据说大禹开凿的龙门山，就是现在龙门石窟的所在。经书说，昔大禹疏龙门以通水，两山相对，望之若阙，伊水历其间，故谓之伊阙。夜晚的伊河静而深邃，与石窟相偎相依，却相对无言。我们在夜色中仰望卢舍那大佛。大佛通高十七点一四米，头高四米，耳长一点九米，眉如新春柳叶，目蕴万千浅笑。大佛睿智慈祥，让人心生敬畏而无惊惧。石像右侧为迦叶，左侧为阿难，随后是普贤菩萨、文殊菩萨、天王、力士。这座依《华严经》雕琢的摩崖式佛龛，将极乐世界的祥和平正表达得如此具象真实，连尘埃都仿佛飘落雷音寺。菩萨低眉，众生自有喜乐，心中无限感慨的我们，在这伊水河畔，佛陀脚下，默然前行。

一万只天鹅

三门峡对我来说，如此遥远。地理知识匮乏的我，只知道三门峡水电站。所以说，一只井底之蛙对陌生之地的想象，总是充满了狭隘的主观性，认为天空也不过是井口那么大。到了三门峡，才知道仰韶文化、道家文化和虢国文化都发源于三门峡，同时这里还是黄帝的铸鼎地、老子《道德经》的著经地、佛教禅宗始祖菩提达摩的圆寂地。到了三门峡，才知道这里盛产灵宝大枣、仰韶酒、渑池仰韶杏、牛心柿饼……而最让我难忘的，却是三门峡湿地公园的天鹅。那景观，对我这样词语匮乏的人来讲，只能用"震撼"二字来形容了吧？见过天鹅，一般是在公园里，七八只，黑白兼有，优雅地游弋在水塘或湖泊里。那天抵达湿地公园时，天有些阴沉，轻薄的雾气弥漫，远远地，我只望到密密麻麻蠕动着的白色斑点，近了些，才看清是一只只天鹅！那些天鹅，有的成群结队在湿地上散步，有的结伴在河水中觅食，还有的独自舒展翅膀，擦着水面或芦苇缓慢地飞翔。那是怎样的一种场景呢？在城市边缘，一条不算宽阔的河流将依稀可见的高楼大厦隔在一侧，而水的这边，在树木和芦苇的点缀下，体态优雅、神色自若的成千上万只天鹅在悠闲地过冬。让我意外的是，这些天鹅全是白天鹅，没有一只黑天鹅。在众人的欢呼声中，天空中的小雪一片一片落下，由疏而密，由小及大，漫天雪色中，天鹅们拍打着翅膀欢歌。而本来眼神不济的我，已分不清是天鹅在雪色中舞蹈，还是雪花在鹅群中飘散了。我当时最真实的想法，是想这一刻永远停驻下来，连同这初冬的喜悦和快慰，连同这身边的友人和陌生人。而此处为何有这么多天鹅？问了问当地的朋友，才知道，1988 年 12 月，人们第一次发现白天鹅在三门峡越冬，当时仅有五十多只。为何这些远在西伯利亚生活的天鹅，飞越千山万水，在凛冬来临前迁徙来到三门峡黄河沿岸的湿地？没有人知道。鸟类总是以它们的直觉寻找属于自己的天堂。而当地政府极为重视，出台了一系列保护政策，加大对白天鹅和野生动物的保护。民间也自发成立了保护白天鹅志愿者协会，并把 11 月 22 日定为白天鹅保护日。那么，来这里过冬的西伯利亚天鹅到底有多少只？有人专门统计过，2019 年，来三门峡越冬的白天鹅已突破八千六百只。看着这些在芭蕾舞剧和油画中经常出现的白色精灵，我心底期盼着，来年冬天，能再次与它们相会。